庫

こちらあみ子

今村夏子

筑摩書房

目次

こちらあみ子

こちらあみ子

スコップと丸めたビニル袋を手に持って、あみ子は勝手口の戸を開けた。ここ何日かは深夜に雨が降ることが多かった。雨が降った翌日は、足の裏を地面から引きはがすようにしてあるかなければならないほどぬかるみがひどかった表の庭に通じる道も、昨日丸一日の快晴のおかげで今朝は突っかけたサンダルがなんの抵抗も受けずに前へと進む。サンダルの縁にへばりついた泥が灰色に乾いて固まっているのが目にとまり、すみれを採ったらついでに外の水道でこのサンダルを洗うことにした。庇がついた軒先を通り過ぎ、家の裏手の畑へと続くなだらかで短い坂を上る途中、脇に植えられた一株のつつじが満開の白い花を咲かせているのに気がついた。あみ子は坂の真ん中で立ちどまり、すみれをやめてつつじにしようかと考えた。しかしつつじの枝を切るための丈夫な花鋏を持って出ていなかったものだから、やっぱりすみれを目指すことにした。

普段なら雑草生い茂るこの斜面だが、先週近くの寺の坊さんがついでだからと言って草刈り機を巧みに操り、撒き散らすようにして刈ってくれた。おかげで見違えるほどにさっぱりし、あるくときにもちくちくしない。坊さんには祖母が丸めた緑色のだんごを持って帰ってもらった。

短い坂だからすぐに上り終える。坂の上の平地には小さな畑が広がっていて、季節ごとに植えられるきゅうりや三つ葉、茄子や大根などの世話をするのは祖母の役目だ。春から初夏にかけての今は絹さやが食べごろなのだが、最近では朝昼晩、煮物汁物炒め物すべてのおかずに絹さやが紛れこみ、そろそろ飽きてきた。薄っぺらく垂れ下がる黄緑の房を視界に入れないようにして通り過ぎ、そのまま手つかずの木々が生い茂るほうへと近づいて、一年おきに小さな実をつける柿の木のそばまできてから腰を下ろした。

赤黄色の土がむきだしになっていてここにすみれが咲いている。柿の木の枝葉が陽光を遮るせいでいつも薄暗く湿っているけれど、土から吸収される養分がよほどいいものなのか、日当たりが悪いにもかかわらず野生のすみれは大ぶりで、濃くてきつい紫色の花を咲かせる。あみ子は持ってきたスコップをぐっと土に差しこんで、すみれを根こそぎ掘り起こした。移そうとして左手に目をやると丸まったビニル袋の口が閉じていた。あいにく利き手はスコップの柄を握りしめているせいで塞がっている。不器用な左手だけではどうにもならず、奥歯と舌先も使って袋の口を開けるはめになった。花弁を震わせながらも、なんとかスコップごと袋の中へと滑りこませ、柄を真上に立ててゆっくり抜き取る。茎がぴんと立つように、ビニルの上から汗ばんだ両手のひらで土と根の位置を整えて、よっこらしょと言いながら腰を上げた。

もときた道を戻っている途中、ちょうど坂を下りきったあたりでさきちゃんが竹馬に乗ってやってくるのが見えた。豆粒よりも小さくて輪郭もはっきりしないほど遠いけれど、あれは間違いなくさきちゃんだ。ちょうどいいところにきてくれた。あみ子は、おーいと言ってスコップを持ったほうの手を振った。声が届かなかったのか、遠すぎてこちらの姿が見えないのか、相手からの反応はなにもなかった。気づいているとしても、さきちゃんの両手は竹馬を握りしめているので振り返すことができない。着実にこちらに向かって前進しているはずなのだが、まるでその場で足踏みをしているかのようにのろい。

さきちゃんは近所に住む小学生で、あみ子の家へ遊びにくるときはいつも竹馬に乗って登場する。近所と言っても子供の足であるけば十五分以上もかかるところからコツコツと地道に距離を縮める作業をやってのけるさきちゃんのことを、竹馬に乗れないあみ子は半ば呆れながらも感心してしまう。頑張り屋の小さな訪問者は、菓子やジュースをごちそうしたり、あみ子が育てた花を摘んで土産に持たせてあげたりするととても喜ぶ。数日前、あの花持って帰りたいと言ってさきちゃんが指を差したのが、畦道に咲く毒花だった。あれはだめだと言ったのだけれど、「黄色くてかわいいあの花がどうしても欲しいです」と、さきちゃんにしては珍しく駄々をこねた。仕方なく花鋏で四、五本切って新聞紙にくるんで渡してやった。翌日、さきちゃんはつまらなさそうな顔をして、しかし儀式のように真面目にコツコツ竹馬に乗ってやってきた。「お母さんに怒られました」と言う。汚い花、捨てなさい、と言われたそうだ。さきちゃんは「あみ子さんが悪者になってしまいました。すみません～」と言って両手のひらをすり合わせながら頭を下げた。あみ子は気にすることはないと言ってなぐさめた。毒花を持たせたのは自分だ。眉を八の字にしてしきりに頭を下げるこの女の子はあみ子に悪いことをしたと思って反省している。今にも泣きだしそうな顔を見ていると、今度はこの子のお母さんにも喜ばれるような花を持って帰らせてあげなくてはという気持ちになった。それで今、すみれの花を採ってきた。

友達を大切にしなくてはという思いがある。休日の度に顔を見せにやってくるさきちゃんはきっと、あみ子のことが好きなのだ。あみ子も同じように、さきちゃんのことを好きだ。さきちゃんに「イーしてください」と言われればイーしてあげる。イーッと、口を横に広げるとのぞく、あみ子の暗い穴がさきちゃんのお気に入りだ。あみ子には前歯が三本ない。正確には、あみ子から見て真ん中二本のうち左側が一本と、その左一本、更に左がもう一本。初めて気がついたとき、さきちゃんは「うひゃあ」と言って両手で口を覆って笑い転げた。そして訊いてきた。「なんで歯なくなったんですか」という質問に対して、中学のとき男の子にパンチされてどっか行ったとこたえたら、さきちゃんは「げっ」と言ってのけぞった。パンチしてきた男の子の名前はのり君といい、小さなころからのり君を熱愛していたことも教えてあげた。現在サッカー少年に片思い中らしいさきちゃんは、恋する相手に殴られる気分とはどんなものかを知りたがった。

そのとき、うまく話してやることができなかった。話してやりたいのはやまやまなのだが、なにぶん祖母と一緒に暮らす前、ここからずっと遠くの家に住んでいたころの話だから、もうほとんど忘れてしまった。

「なんだつまんない」とさきちゃんは言ったけれど、あみ子のむきだして見せる空洞をよほど気に入ったのか、更に顔を近づけてきた。こんなことならお安い御用だ。見たいぶんだけ、いくらでも見せてあげられる。イーッ。

1

十五歳で引っ越しをする日まで、あみ子は田中家の長女として育てられた。父と母、それと不良の兄がひとりいた。

小学生だったころ、母は自宅で書道教室を開いていた。もとは母の母が寝起きしていたという縁側に面する八畳ほどの和室に赤いじゅうたんを敷きつめて、その上に横長の机を三台並べただけの、狭くて質素な「教室」だった。隣りは仏間で、廊下を挟んだ向かいは台所兼食卓になっている。教室の生徒たちは、玄関からではなくて縁側で靴を脱ぎ、そこから直接教室に上がった。玄関から入ると仏間や台所の前を通らなければならなくなり、それは田中家の生活空間をのぞかれることになるからと、母が決めたことだった。縁側の前の小さな庭は、父の車をとめる駐車場として使われていた。車がとまっている日には、生徒たちは体を横にすべらせながら、車とコンクリート壁の間にできる隙間をじりじりと進まなければ靴脱ぎ場まで辿り着かない。地元の小学校に通う彼らのランドセルや手提げ鞄についた金具などで、父の紺色の車の片側は、度々線を引いたような白い傷をつけられた。そんなとき父は文句を言うでもなく、どこからか四角いスポンジを取りだしてそれにチューブ入りのクリームを塗りつけ、できた傷をさっとなでる。「魔法のスポンジじゃ」と教えてくれた。魔法のスポンジになでられた傷はみるみるうちに薄くなり、目の前で跡形もなく消えた。あみ子は父にせがんで魔法を使う役目を与えてもらい、誰よりも先に傷を発見しては夢中で消した。その甲斐あって紺色の車体はいつでもぴかぴかだったのだが、中にはどうしても消えない傷もあった。硬いものを使用して深く刻みこまれた傷は、魔法の力をもってしても限界がある。あみ子の馬鹿、はそれだった。角度を変えて見ると、光の加減で消えたようには見えるけれど完全ではなかった。

「もうちょいで消えそうなんじゃけどねえ」あきらめきれなくて、あみ子は腕に力をこめて傷を何度もこすり続けた。小学一年生のあみ子に読むことができたのは自分の名前の部分だけで、その下、馬鹿という字は読めなかった。父に訊いてみたけれど、父も指先で自分のメガネをずり上げながら、「さあわからん」と言っていた。

翌日から紺色の車には雨除けのための分厚いカバーが、天気にかかわらずかけられるようになった。

傷を消す喜びはなくしたけれど、楽しいことならほかにもあった。書道教室ののぞき見もそのひとつだ。赤いじゅうたんが敷きつめられたその部屋のことを、あみ子は「赤い部屋」と呼んでいて、赤い部屋に立ち入ることは母から固く禁じられていた。そのため、ばれないように襖の陰からのぞくことしかできなかったのだが、これが楽しかった。大きな声で「おしっこおしっこ」と言いながら、トイレに行くと見せかけて、こっそり隣りの仏間に入り、音をたてないよう息までとめて、人差し指で襖と襖をこじ開けるようにし、ほんのわずかな隙間を作る。左目だけでのぞきこむと、まず最初に目に入るのは、髪を固く一本に縛りあげた、母の真っ黒な後頭部だ。その向こうで同じ年かさの子供たちがあみ子のほうに体を向けて正座している。筆を握った生徒たちの中には背筋を伸ばして机に向かう、二つ年上の兄の姿もあった。兄のほかに知っている顔はなかったけれど、ひそやかな話し声と、墨汁と新聞紙が混ざり合ったにおいに誘われてのぞかずにはいられなかった。そうやって墨と新聞紙のにおいに包まれているとなぜかもよおしてきて、方便ではなくて結局何度もトイレに行くはめになるのだった。

トイレとの往復を繰り返しながら、あの夏の日も、あみ子はいつものように襖の陰に立っていた。

一度台所まで行って、母が茹でておいてくれたおやつのとうもろこしを手にして戻った。定位置に着き、ひと粒ずつ前歯ではがすようにして、甘いとうもろこしをむしりむしりと食べていると、ふと生徒のひとりがこちらを見ているのに気がついた。その男の子は、筆を握ったままの姿勢で静止していて、とうもろこしを食べるあみ子を丸い大きな瞳でじっと見ていた。ほんのわずかに開けられたガラス戸がカタカタきしみ、網戸から入りこむ夕方の弱い風が西日できらめく男の子の前髪をさらさら揺らした。くちゃ、と黄色い粒を嚙む音だけがあみ子の耳の奥で大きく響いた。

男の子は筆を置いた。そして机の上の半紙を手に取って、自分の顔の高さまで上げて見せた。そこには『こめ』と書いてあった。白い紙に礼儀正しくおさまった、あみ子の字とは比べものにならないくらいのきれいな書体だった。すると男の子は筆に墨汁をしみこませすぎたのか、『こ』の下の棒の終わりから、ゆっくりとしずくが垂れ始めた。まるでにっこり笑った口の端から垂れる黒いよだれのようだった。見とれているうちに手の中のとうもろこしがみるみる熱を帯びてきた。伸びた爪が粒に食いこみ、皮を破った。甘い汁が滲み出て、汗と混ざってべたべたになった。力のこもる手指とは裏腹に、ぼんやりした頭の中は目の前の男の子ひとりで満ちていた。そこへ突然名前が叫ばれた。

「あみ子じゃ」

生徒全員、一斉に顔を上げた。

「あみ子が見とるよ。先生」

「先生。後ろ、後ろ」ひとりの男の子が元気いっぱい立ち上がった。腕をまっすぐに伸ばして筆の先をあみ子に向けた。母の黒い頭がくるっと回転したと思ったら、次の瞬間、細くとがった二つの目がこちらを見て、とまった。

ゆっくりと近づいてくる母のあごの下のほくろを見上げながら、あみ子は堂々と訴えた。「入っとらんもんね。見とっただけじゃもん」

後ろ手に襖を閉めながら、母は息を大きく吐いて娘に言った。「あっちで宿題しなさい」

「エーッ」

「エーじゃありません。行きなさい」

「あみ子も習字する」

「いけません」

「する」

「宿題終わってない子はお習字してはいけません」

「じゃあ見とく」

「いけません。ちゃんと宿題して毎日学校にも行ってお友達とも仲良くして先生の言うことをしっかり聞いてお行儀よくできるならいいですよ。できますか？　授業中に歌をうたったり机にらくがきしたりしませんか？　ボクシングもはだしのゲンもインド人ももうしないって約束できますか？　できるんですか？　できますか？」言うだけ言うと、母は生徒たちの待つ赤い部屋に向かう襖を静かに開けて中に入り、あみ子の前でピシリと閉じた。

小学校の同じクラスに赤い部屋で見た男の子がいると知ったのは、その日からずいぶん経ってからのことだった。『こめ』と書いて見せてくれた男の子だ。あみ子は学校をさぼってばかりいたから、それまでちっとも気がつかなかった。気がついたときには興奮した。

「あっ。よだれの字のひとじゃ」と言って指差した相手は、あみ子のほうに丸い瞳を向けたあと、顔を斜めに傾けた。

あとから考えてみたら、男の子はあの日ひょっとするとあみ子ではなくて、習字の先生である母に向かって、完成した作品を見せていたのかもしれない。それをあみ子は熱視線だと思ってしまった。自分だけに向けられたまなざしと、横に添えられたきれいな字。あのひとは一体いつからこのクラスにいたのかと、休み時間にあみ子は担任の先生に訊きに行った。先生は、のり君ならあみ子が転入してくる前からいたと教えてくれた。のり君なら、初めから、ずっといたよと教えてくれた。知らなかった。

「のり君」、はっきりと声にだして言ってみた。

初めてのり君としゃべったのは学校からの帰り道で、秋も終わりかけのころだった。外で遊ぶ子供たちに帰宅の時間を知らせるために、公民館の古いスピーカーからは「七つの子」のメロディーが雑音混じりに流れていた。

「墓じゃ。あみ子、親指隠しんさい」

二、三歩先を兄があるいていた。墓地の前に差しかかると、兄はいつも同じ文句を口にした。普段なら命令された通りに親指を隠すのだけれど、その日はそれどころではなかった。なぜならのり君が後ろをあるいていたからだ。校門を出たときから一定の間隔を空けたまま背後にいることは知っていた。あみ子は途切れることなく、二秒に一回、後ろを振り向き振り向き、その姿を確認した。何度見ても同じ表情、同じ近さでのり君はそこにいた。『こめ』という字を見せてくれたときと同じ顔、さらさらの前髪に丸い瞳、閉じられた小さな口は、五、六歩あるけば手が届くところにあった。「くさい教会じゃ。あみ子、鼻つまみんさい」老朽化した小さな教会の前に差しかかったとき、これもまたいつも通りの文句を兄が口にした。普段なら「はいよ」とこたえて鼻に持っていく右手も今日は垂れ下がったままになっている。小石を蹴とばし、兄は後ろを振り向いた。「おいおまえ聞いとんかっ。お、のり君」

のり君がにっこり笑って、片手を上げた。あみ子は兄とのり君の顔を交互に見た。「のり君、ちょうどよかった」兄はそう言ってのり君のもとへ走り寄った。二人は赤い部屋で毎週のように顔を合わせているのだった。兄ものり君も、母の生徒だという ことを思いだした。「お願いがあるんじゃ。ちょっとずつでええけえ妹と一緒に帰っとってくれんかのう。おれ友達にマンガ返してくるけえ、それまでちょっとずつあるきよって。すぐ追いつくけえ」早口でそう言うと、横に伸びる細い路地へとあっという間に姿を消した。

兄が走り去ったあと、あみ子とのり君は五、六歩の距離を保ったまま数秒間見つめ合った。夏の日の夕方に赤い部屋で顔を合わせてからこの日まで、のり君と二人きりになったことはなかった。あの日の夕方から四カ月が経って、気づけば校庭の蛇口から出る水がよく冷えていておいしい。季節は冬のほうに近づきつつあった。

くるりと正面に向き直り、あみ子は大きく一歩を踏みだした。両足を揃えるようにしてとまり、また振り返ってみると、ちょうどのり君もこちらに向かって一歩踏みだし、同じようにピタリととまるところだった。じゃあ次は二歩進んで振り返った。するとのり君も二歩だけ進んで静止した。あみ子は顔いっぱいの笑顔をのり君に向けて「じーっ」と言った。一旦背を向けてあるきだし、十歩くらい進んだところでまた振り返り、笑顔で「じーっ」。

何度も繰り返した。その度に、振り向けば同じ顔が同じ近さでそこにあることが嬉しかった。地面に長く伸びた自分の影と、のり君の顔ばかりを交互に見ることに夢中になって、まわりの景色が変化していることには気がつかなかった。

「じーっ」何度目のじー、だったか。

「なに」と、のり君が口を開いた。

話しかけられた。抑えられない興奮で、体の中身が高音を上げてはじける感覚を味わった。「じろじろじろじーっ」と言いながら、一本足で、跳ねるようにしてぴょんぴょん進み、疲れたら、もう一方の足でぴょんぴょん進んだ。バランスを崩して転びそうになって、「おっとっとっと」と、振り返ると、そこには誰もいなかった。

しんとしていた。さっきまで聞こえてきていた「七つの子」のメロディーがいつの間にか鳴りやんでいる。車の通る音さえ聞こえない。学校の廊下ほどの幅の薄暗い道に、あみ子はひとりで立っていた。ピンクの運動靴と密着している地面は茶色い土だったけれど、それは見慣れたものではなくて、今日初めて見る種類の土の色だった。知らないところにいる。両脇に目をやると白い塀が続いていて、その塀に沿って何枚もの立て札が地面に突き刺さっていた。ハナトルナ！　ハナトルナ！　ハナトルナ！すべての札に黒いインクでそう書かれていたのだが、花はどこにも咲いていなかった。迷子になったとは思わなかった。体が動かないと思っていた。つま先から頭のてっぺんまで固くつっぱり、靴の裏は地面にくっついたまま離れない。そのまま長い時間が経過したように感じた。静かな道の真ん中で両の手のひらをぎゅっと握りしめ、石のように固まっていると、どこか遠くで土の地面を駆ける音が聞こえてきた。こっちに向かって次第に力強く近づいてくる。聞こえてくる方向にそっと頭を回してみたら、首から上は意外とすんなり動かすことができた。足音は荒々しく、どしどしと鳴り響き、地面を伝わってもうすぐそこまできているのがわかった。両手のこぶしに力をこめて、足音そのものを待ち構えた。

「ここにおったんか」と言いながら、姿を現したのは兄だった。「どこ行ったんかと思った。探したんで」

どこまでも続いていると思った白い塀を突き破って飛び出てきたように見えた。必死で走ったのか、兄は息をきらせながらきょろきょろとあたりを見回した。「のり君は？　どこ行ったん」

訊かれてもこたえることができなかった。兄の姿を目にした途端に腹の底が熱くなり、その熱さに驚いていたら涙が出てきた。あみ子が泣く姿を見ても兄は理由も訊ねず、おかしいのう、のり君帰ったんかのう、と右へ左へ何度も頭を動かした。

すぐ後ろから声がして、兄と同時に振り向くと、のり君がまっすぐに立っていた。

「おいおまえ、どこおったん」兄が訊いた。

「家。ランドセル置いてきた」手ぶらののり君がこたえた。

「なに食べとるん」また兄が訊いた。

「パン」

のり君は口をもぐもぐさせながら、再びふらっとどこかへ消えたかと思うと、両手にひとつずつ蒸しパンを持ってすぐに現れた。兄とあみ子にそれぞれ手渡して、「なんで泣いとるん」と、あみ子を横眼でちらりと見たのに本人ではなくて兄に訊いた。

兄は、「知らん」と言い、むしゃむしゃ蒸しパンを頬張り始めた。

「おいあみ子、もう泣くのやめえや」兄が言い、

「でも涙ちょっとしか出とらんね」と、のり君が言った。

「妹あんまり涙出んけえの」

「ふーん」

「これうまいのう。かあちゃんの手作りか」

「ぼくここおるよ」

「うん、ねえ、泣き声低いね」

「妹？　低いか？」

「低いよ」

「ほうか？　うまいのうこれ。もう一個くれや」

「なにが悲しいんじゃろう」

「さあ」

「全然わからんのん？」

「転んだんかもしれんのう」

「転んだん」

「ほうじゃろう、あみ子転んだんじゃろう」

うん。と言ったことになった。

のり君がくれた蒸しパンは真っ白で、上にサイの目に切られたさつまいもが散らしてあった。黄色いところだけをむしり取り、パンの部分は兄に渡した。

甘くておいしいさつまいもをもらったことと、たったのひとこととはいえ言葉を交わしたことで、より一層の親しみを感じるようになった。できることなら毎日でものり君と一緒に帰りたかったのだが、登下校は兄と二人と決まっていたからそうもいかなかった。そもそも兄妹のいつもの登下校に、ほかの誰かが加わるということ自体、滅多にないことだった。

「妹が学校の行き帰りに悪さをしないよう見張ること」が、兄が両親から言いつけられていた使命だった。あみ子にとって兄との登下校は楽しいものだったが、兄のほうではそうでもなかったのかもしれない。手はなかなかつながせてもらえなかったし、「だまれ」と「やめろ」はしょっちゅう言われた。しゃべっているあみ子の腕を引っぱって民家の塀の陰などに連れて行き、「動くな」と命令するときは大抵向こうから兄の友人たちがやってくる。彼らが目の前を通り過ぎるまで兄と一緒にじっと隠れて待たなければならない。

「もうおらんよ」と合図してあげると兄は塀から顔をのぞかせて、あたりを見回したあと、いつもよりも更にいばってあるきだす。一度、だした合図が早すぎたのか友人たちに見つかった。そのとき彼らは、兄ではなくてあみ子に向かって話しかけてきた。

「でた。妹じゃ。こうちゃんの妹じゃ」

「あみ子じゃろ」

「給食手で食うんじゃろ」

あみ子には献立がカレーライスのときだけ手で食べる習慣があった。「インド人のまね」と言って家でも同じことをすると、母は叫び声を上げる。

妹が話しかけられている最中も、彼らが去ったそのあとも、兄はひと言もしゃべらなかった。墓地の前で、教会の前で、いつもの命令を待ったのに、その日の兄が例の文句を口にすることはなかった。救急車が横を走り過ぎても同じことだった。言ってくれないからあみ子は親指を隠すのを忘れた。親指を隠さなければなにやら恐ろしいことが起こるというのに。それからは兄に合図を送るとき、少しは気をつけるようになった。

ある日の夕方、父から「明日から孝太がいなくてもひとりで帰れるか」と訊かれたあみ子は、テレビアニメを見ながら、「うん」とだけこたえた。居間の床に腹這いになったまま、アニメに夢中になっていると兄がやってきた。手にはゼリーとスプーンを持っている。「あげよう」と言われ、ちょうど画面がコマーシャルに切り替わったところで上半身を起こして受け取った。さくらんぼの丸い実がごろごろ入った赤い宝石のようなゼリーで、それは当時、兄の一番の好物だった。あみ子は実のところだけスプーンでほじくり口に入れ、「ごちそうさん」と言って残りは兄に返した。テレビ画面に視線を戻し、柔らかなさくらんぼを嚙み潰しながら、それなら明日からはのり君と帰ることにすると決めた。

しかし実際にのり君と二人きりで下校した回数を数えてみると、その合計数は両手にも満たない。大きな声で名前を呼んでも相手は走ってどこかへ行ってしまう。もしくは帰宅後のアニメと菓子のことで頭がいっぱいになっていて、のり君の存在をすっかり忘れてしまっていることもあった。ただし、大事な用があるときは例外で、必死にさがしてつかまえて、にぎやかな同級生たちに囲まれながら一緒に帰った。そういうときののり君は学童帽子のつばを目が隠れるところまで引き下げて、前歯で唇を嚙んでいる。

あみ子が十歳を迎えた誕生日の翌日もそうだ。帽子を深くかぶったのり君をつかまえて、父からもらったプレゼントのこと、ごはんがおいしかったこと、前の晩のできごとを次から次へと語って聞かせた。

誕生日の食卓で、あみ子は父からおもちゃのトランシーバーをプレゼントしてもらった。夢中で観ていたアニメの主人公たちの必須アイテムで、二台セットになっている。欲しい欲しいと以前からねだっていた。

「これで赤ちゃんとスパイごっこができる」と言って、跳びはねてバンザイした。赤ちゃんというのは、今度生まれてくる予定の、あみ子の弟か妹のことだ。更に父はハート形のチョコレートクッキー一箱と、黄色い花の鉢植え、それから「これで赤ちゃんの写真たくさん撮ってあげんさい」と言い、二十四枚撮りの使い捨てカメラも一台くれた。

あみ子はつやつやした緑色のパッケージをありがたく両手で受け取り、いろんな角度から眺めた。「練習していい？」父に訊いた。

「ええよ」許可が下りたので封を破った。兄に教わりながらフラッシュを焚き、自分以外の家族を写すためにカメラを構えた。

「ちょっと待ってね」と母が言った。大きくなり始めたお腹を抱えながら席を立ち、どこからか手鏡を取ってきてそれを片手に見ながら指先で前髪をさわりだした。食卓は一瞬だけ静かになったけれど、父がきゅうりの漬け物に箸を伸ばし、口の中へぱくっと放ってぽりぽり音を響かせた。兄は両手で作ったピースサインを崩すことなく、おもしろい顔のまま固まって待っている。

あみ子はレンズ越しに、前髪ばかりをせっせとさわる母の顔を見つめていた。真ん中あたりは手鏡に覆われていて見えなかったけれど、左あごにくっついている大豆粒大のほくろだけは丸い鏡の下からのぞいていた。母の指の動きはまだとまらない。とうとう待ちきれなくなり、辛抱の足らない人差し指が思わずシャッターを押してしまった。フラッシュが光ると同時に手鏡から顔を上げた母があみ子を見たあと、すぐに父のほうへ顔を向けて訊いた。「信じられない。あたし今、待ってって言ったわよね？」

父は「ん？」とこたえた。あみ子は再びカメラを構え直して呼びかけた。「今のは練習よ。次が本番。本番いくよー」

「もういいわ」母はそう言って背を向けた。「撮らなくていいです。あみ子さんもう、本当に」

父は食卓に向き直り、無言で木のさじを手に取った。目の前の茶碗蒸しを食べようとしている。それを横で見ていた兄の顔面からおもしろ味が消えて、ピースサインをかたどった二本の指が丸まった。

「とるよとるよ。みんなこっち向いてー」なおも家族に呼びかけた。誰もこっちを向かなかった。

「はいありがとうございます、あみ子さん」母はそう言い、娘の手から取り上げたカメラを冷蔵庫の上に置いた。そして炊飯器のふたを開け、花模様の小さな茶碗にごはんをよそい始めた。運ばれてきたのは大好物の五目ごはんだ。料理上手の母は家族の好物をよく知っている。ひと口食べたら香ばしいしょうゆ味に夢中になって、「あみ子絶対おかわりするけえね」と大きな声で宣言した。

だが少食のあみ子には茶碗一杯食べきることさえできなかった。底に二口、三口ぶんのごはんを残してテーブルの上にピンクの箸を放り投げた。母が、これも娘の好物である鶏のからあげを盛りつけた皿を目の前に置こうとしたが、「もういらん」と言い、シッシッと片手で払いのけた。そのあと、さっき父からもらったばかりのチョコレートクッキーの箱を膝の上にのせた。「これ食べるんじゃ」と意気込んで、大きなハートマークが描かれたふたを開けたはいいけれど、クッキーの表面を覆っているチョコレートだけをきれいになめとってしまうと、あみ子の腹は空気を吸うのも苦しいほどに満腹になってしまった。

苦しい苦しい、はれつするーと言いながらも、ゆうべはとても楽しかった。のり君に伝えたい。

「ねずみ色のやつじゃ」

「ねえ見してあげようか」

「のびるんよ」

「あとカメラも」

「お母さん写した」

「光ってから」

「トランシーバーしようね」

「みみず」

あみ子しかしゃべっていなかった。相手はうんともへえとも言わなかったが、それはいつものことだった。のり君は同級生たちと大きな声でさわぐことはあっても、あみ子と二人きりになると黙りこむ。

「チョコと、あと花もよ」

「ええじゃろ」

「赤ちゃん写すけえね」

「トランシ〜バ〜」

ちりりん、と自転車のベルの音が聞こえて、知らないおばさんがあみ子ちゃんおかえりぃ、と言いながら笑顔で横を通り過ぎた。

「ただいまかえりました」

走りゆく自転車に向かってそう挨拶したのは、のり君だった。あみ子と二人きりのときは黙ったままのり君だが、そこにひょっこり大人が加わると、突然しゃべり始めることがある。

自転車に向かって挨拶したのり君を見て、たのもしい気持ちになったあみ子は大きくエヘンと咳払いをひとつしてから、手提げ鞄の中から茶色い箱を取りだした。

「これ食べんさい」と言い、箱ごと渡した。

「なにこれ」

「しゃべったー」

「なにこれって訊いとんよ」

「チョコ。昨日もらったやつよ」

「誕生日のやつ？」

黙ってはいても、ちゃんと話を聞いていてくれたのだ。

「うん。あげるわ。食べんさい」

「いらん。こんなん持って帰ったらお母さんに怒られる」

「じゃあ今食べんさい」

「いまぁ？」のり君は手渡された箱を開けた。「チョコじゃないじゃん」と、とがった口で言ったあと、小麦色の菓子に手を伸ばし、食べ始めた。「どこがチョコなん。チョコじゃないじゃんか。クッキーじゃんか」

「おいしいじゃろ」

「しけっとるし」

「おいしいじゃろ」

「普通じゃ。しけっとる」

言いながらも、のり君は一箱全部食べた。食べ終えるとからっぽの箱をあみ子の足元に投げて返した。あみ子は満足してそれを受け取った。手を振って別れたあとは、腋の下に四角い箱を挟みこみ、スキップして家まで帰った。スキップになっとらん、と兄が一緒なら言ったかもしれない。

「あみ子のは地団太じゃ」と、いつだったか言われたことがあった。小さな町に溢れるすべての音がまるで幻のように遠くで聞こえる夕方だった。見上げた屋根の上には高いところから降りてきた雲があった。そこに射しこむ昼間の太陽の残りが、平たい雲を金色に輝かせてみせていた。そのとき袖なしの白いワンピースを着ていたあみ子は、赤い実をもぎとろうとジャンプした。

地団太の意味は知らなかった。ただ兄が楽しそうに笑っていたから、その日は家に到着するまでスキップを続けたのだ。なかなか前に進めなくて自分でもおかしかった。いつも二、三歩前をあるく兄が、その日はスキップする妹の後ろをゆっくりのんびりあるいていた。

当時は兄にも笑顔があったのだ。奇跡にも思えるほど遠い気がする。少なくとも不良になってからの兄とは、笑顔どころかまともに顔を合わせた記憶もない。

兄が不良になったのは突然のことだった。不良以前と不良以後があるだけで、あみ子はその中間を思いだせない。兄だけではなく、同じ時期に母も変わった。兄が突然不良になったように、母は突然やる気をなくした。

2

あみ子がトランシーバーをもらった日から数えると約三カ月後の十二月、そのころの母はとても大きなお腹を抱えながら習字を教えていた。生徒たちがお腹をさわりたがり、その都度母は笑顔でさわらせてあげていた。手を置いたのり君が、今動いたよ、とまわりの生徒たちに教えているところをあみ子は襖の陰から見ていたことがあった。たまに台所であみ子にもさわらせてくれたけれど、母はあみ子がさわるときは「はいおしまい」とすぐ言った。長い時間はさわらせてもらえなかったから、赤ちゃんが動く感触を手のひらで受けとめることはできなかった。単に固くて温かくて丸いもの。それをこちょこちょとくすぐって、「赤ちゃんこそばゆいかねえ」と言うと、母は「さあ……」と言い、喜んでいるのか悲しんでいるのかどっちなのかよくわからない顔をした。

「あみ子さんはおねえちゃんになるのよ」そう伝えられた日は嬉しくて叫んだ。おねえちゃんになる、赤ちゃんがくる、なにをして遊ぼうか、なにをプレゼントしようか、朝から晩までそのことばかり考えた。それは兄も同じだった。

「男がええのう。男が生まれたらキャッチボールするんじゃ」と、よく話していた。あみ子はボールが怖いから、キャッチボールはできないけれど、トランシーバーという最強のおもちゃを手に入れていた。生まれてくる弟と、この銀色に光るトランシーバーでスパイごっこをするのだ。胸が高鳴った。

いよいよ今日というその日、練習をしておこうと思いついた。おもてに出て試したかったのだが、朝から雨が降っていて外は凍えるほど寒かった。練習は家の中で行うほかなく、二階の自室にいた兄に二台セットのトランシーバーのうち一台を手渡して、一階に下りてくれるようたのんだ。今日はあくまでも出産予定日当日であって、赤ちゃんが家にやってくる日ではないことと、仮にやってきたとしてもトランシーバーを使って会話ができるようになるのはまだまだ先であることを、兄は妹に言わなかった。

「よっしゃわかった」と言ってトランシーバーを受け取り、どかどかと足音をたてて階段を下りていった。不良以前だ。

耳を澄まし、兄が階段を下りきったことを確認してから、トランシーバーの通話ボタンを押した。人差し指に触れたボタンのくっきりとした感触を、あみ子の全身が手を叩いて歓迎した。大きく息を吸いこんで、記念すべき第一声。

「おーとーせよ。おーとーせよ」一階で待機しているはずの兄に呼びかけた。

「……」返事はなかった。

「おーとーせよ。こちらあみ子、こちらあみ子。おーとーせよ」ザーザーと雑音がするだけで、やはり兄の声は聞こえない。「もしもーし。もしもーし。おーい」

辛抱強く待っていると、ピーギャーと耳障りな雑音の中、かすかな話し声のようなものが聞こえてきた。それがトランシーバーを通して聞こえてくる音声なのか、直に自分の耳がキャッチしたものなのか、あみ子にとってはどちらでもよいことだった。とにかく、聞こえてきたのは兄と、それから父の声だった。母と一緒に病院へ行っているはずの父が帰ってきている。生まれたのだ。あみ子は腰を屈めた姿勢から瞬時に起き上がって鼻息荒く部屋の扉を開けた。「おかえり。赤ちゃん生まれたん」

喜び勇んで階段を駆け下りたのと同時に、がちゃん、と玄関の扉が閉まる音がした。兄だけが廊下に立っている。

「お父さんは。どこ」興奮しながら兄に訊いた。

「病院戻った」

「ふーん。赤ちゃんは」きょろきょろ見回しながら兄に訊いた。

「……おらん」

「どこにおるん」

「どこにもおらん」

兄は下を向いたままあみ子の横を通り過ぎて静かに階段を上り、自分の部屋の扉を閉めた。その右手にはトランシーバーが握りしめられたままになっていた。

ひとり残された廊下は固くて冷たい。家の中なのに吐く息は白かった。ザーザーピーギャガピピと、あみ子の手元だけがやたらに騒がしかった。

母が退院して帰ってくる日は牡丹雪が降っていた。あみ子は家の外で、降ってくる重たそうな雪片を手でつかまえたり、つららを舌の上で溶かしたりして、母の帰宅を待っていた。長い時間待ちすぎて、母が父の車で帰宅したときには、「おかえり」と発声したつもりだったけれど、上下の前歯がガチガチ音をたてただけだった。それでも母には伝わった。

「ただいま」そう言って、母はあみ子の手を取った。あみ子はびっくりしてその手を引っこめようとした。だが母は娘の右手を離さない。上下から押さえるようにして包みこみ、「氷みたい」と小さく言った。

母にふれられるのは変な気分だった。あみ子はそれまで母から抱きしめられたり頬ずりされたりぶたれたり引きずり回されたりしたことが一度もなかった。いやな気持ちではなかったけれど、なぜいきなりさわってくるのか不思議に思いながら、覆われた自分の手と、青白い母の顔を交互に眺めた。そのとき、母が少し小さくなっていることに気がついた。別物のようにぺちゃんこになった腹はもちろんだけれど、あごの下のほくろまでもが。父に「早く入ろう、風邪ひくで」と言われ、三人で玄関に向かった。扉を開けて中に入るまで、母はあみ子の手を取ったままだった。もう一度母の顔を見ようと顔を上げたときに、牡丹雪がちょうどまぶたの上に舞い落ちた。かぶりを振り、ひんやりする左目を慌ただしくしばたたかせていると、頭の上で「あらあら」と言う声がした。

会うひとみんなが赤ちゃんのことをとても悲しいことだと言った。通りをあるく兄やあみ子はいろんなひとから呼びとめられて、残念だったね、元気だしてね、と何度も同じ言葉を聞かされた。その度に「そうよ。ほんまにがっかりしたよ」とこたえる妹の横で、兄は「うん、まあ、はい」と、低い声で返事をしていた。

家へ帰れば、あみ子は病院から戻ったばかりであまり動き回ることができない母のために、自作の紙芝居を披露したり、部屋までジュースや菓子を運んだりと忙しく働いた。輪ゴムが指と指の間を瞬間移動する手品を見せたときは、あたしにも教えてほしいとたのまれたので、毎日母を特訓した。母になにかを教えるのは初めてのことだった。母が手品を習得すると、父を呼んで披露した。父は、「すごいのう。あみ子とお母さんで親子マジシャンになれるのう」と言って、大きな拍手を送ってくれた。するとと母はあみ子に向かって片手を上げて、自分の手のひらを向けて見せた。瞬時には意味がわからなかったけれど、理解し、こちらも同じように手を上げた。母の手のひらと娘の手のひらが合わさって、パチンとよい音がした。生まれて初めてのハイタッチだった。

道路を茶色く汚していた雪が、すっかり溶けてなくなったころ、「あみ子さん、お散歩に行こうか」と誘われた。風はまだ冷たかったが、もう春なのか太陽の光はあたたかだった。近づくにつれ緑のにおいが強まってくる場所を、母と二人でのんびり目指した。河川敷に到着するとよもぎとつくしを夢中で摘んだ。気がつけばもう三時だねと母が言い、芝生に敷いたシートの上で持ってきた弁当の包みをほどいた。おにぎりはあみ子の好きな俵形に握ってあって、細く切った海苔が巻いてある。ウインナー、きんぴらごぼう、マカロニサラダ、たまご焼。型抜き器を使い、にんじんを花の形にくり抜くときはあみ子も手伝った。

デザートのいちごを食べていると、「あみ子さん、ありがとう」と、突然母が礼を言った。

「なにが」

「あみ子さんはやさしいね。孝太さんもやさしいね。お父さんも、みんな」

「そうかねえ」言いながらあみ子はべろの表面に貼りついたいちごのへたを指でつまんで口からだした。「やさしいかねえ」

「みんなやさしくて、お母さん嬉しいわ」

「ふうん」母が元々細い目を更に細めてこちらを見ていた。あみ子は三つ目のいちごに手を伸ばした。「やさしいんかねえ」

母はオレンジ色をしたプラスチック製の箸を、目の前で持ち直しながら言った。

「このお箸は孝太さんにもらったのよ。これでうまいもの食って早よう元気になってくれんといけんよって。孝太さんにもらったお箸を使って、あみ子さんと一緒に作ったお弁当を食べて、お母さんほんとに嬉しいわ」

このごろ母は自分自身を指して「お母さん」と言う。初めて顔を合わせた日からずっと「あたし」だったのに。

「ねえあみ子さん、帰ったらさっき摘んだよもぎでお父さんに天ぷら作ってあげようか」

「うん」

「お手伝いしてくれるかな」

「うん」

「ふふふ」

次第に空気が冷えてきて、母が鞄の中から毛糸のセーターを取りだして着せてくれた。もう少し遊んでいたくて、「四つ葉のクローバー見つけるまで」と約束し、二人で芝生に座って雑草をつまんだりしながら、おしゃべりを続けた。

「そろそろ教室もスタートさせようかな」母が言った。

「させようや！」こぶしを高く突き上げ、あみ子がこたえた。

三カ月間、田中書道教室は臨時の休みということになっていた。再開ということになればまた毎週のようにのり君が家にくる。もちろん学校へ行けば会えるのだが、登校したところで先生たちから叱られてばかりのあみ子は、最近では保健室で寝て過ごしたり図書室でマンガを読んだりと、授業には参加せずに独自の方法で下校までの時間を潰すことのほうが多かった。なによりものり君は、書道をしているときが一番魅力的なのだ。あの姿、また見れる。「見てもいい？」母に訊いた。

いけません、と言ったときの母の顔と声を思いだす。しかし目の前にいる母は胸を張ってこう言った。「あら、あみ子さんも一緒にお習字するのよ。いくらお母さんでも手加減なしでいくからね。覚悟しといてね」

驚いた。ついに自分も母の生徒になるという。今日一日ずっと笑顔だった母を見上げると、寒い冬の日、あんなに小さく見えたほくろが元の大豆粒の大きさに戻っていて、母が声をたてて笑う度にあごの下で一緒に揺れた。

書道教室は新年度からの再開と決まった。

あみ子は小学五年生になった。始業式の日、帰りの会が終了するのと同時にのり君のクラスまで走って行き、教室の再開を伝えた。

「おーい、おーい。今日から習字の教室始まるよー。そこのきみー」はりきって廊下から呼びかけた。のり君は下を向いている。

「こらっまた田中さん。あなたいい加減にしなさいよ。帰りの会の途中でしょうが」のり君のクラスの先生が窓から恐ろしい顔をだし、あみ子はおとなしくするよう叱られた。そのときクラス内の誰かが大きな声で、「あみ子じゃ」と、叫んだ。

「あっ。投げキッスした。今見たか」

「キスじゃ。うわっ。またした。のり君にした」

「のり君、なんなん。あみ子が恋人なん」

のり君はぶんぶん首を横に振りながら、大きな声でなにか言った。

「知っとるかー。あみ子の好きな男子はのり君なんじゃ。あみ子はのり君と結婚したいんじゃ」

「やめなさい。静かにしなさい」

「おえー。き、も、ち、わ、るー」

「こらっ」ぺしっと坊主頭を叩く音がして、クラス内は静かになった。再び下を向いたのり君は、前歯で突き破ろうとしているのではと思えるほど強く、唇を噛んでいた。あみ子は先生に言われた通り、帰りの会が終了するまでおとなしく廊下に座って待つことにした。

いつものように帽子のつばで顔を隠しながら教室から出てきたのり君と並んであいているとあちこちからヒョーヒョーと甲高い声が聞こえてきたが、校門を出てしばらくするとその声もまばらになった。完全に聞こえなくなったあたりでのり君が口を開いた。「ぼく今日習字の日じゃないんじゃけど」

「しゃべったー」

「ねえ」のり君がこちらを向いた。鼻の頭と口しか見えない。

「うん知っとるよ。ただ今日から習字の教室始まるよって言っただけじゃん。いけん？」

「待たんでもええじゃろ」

「ううん。今日はのり君に字書いてもらうんじゃけえ」

そのために、待っていたのだ。

「なんなんそれ。なんでぼくが字書くん。意味不明」

「なんでか教えてあげようか」

「いい」

「教えてあげよう」

「いい」言った直後に帽子を深くかぶりすぎたのり君は電信柱に正面からぶつかった。あみ子が笑うと、片手でおでこを押さえながら振り向いた。「言っとくけど、ぼくお母さんからたのまれとるだけじゃけえね。孝太君の妹は変な子じゃけどいじめたりしちゃいけんよって。なんか変なことしようとしたら注意してあげるんよって。じゃけえ一緒に帰ってあげとんじゃ。ほんまはばりいや、ねえ。なにがおもしろいん。なんなん。先生の赤ちゃんだめだったんじゃろ。笑っとる場合じゃないじゃろう」

「赤ちゃんだめじゃないもん。生まれてきたもん。あーおもしろ」

「うそじゃ」

「生まれてきたけど死んどった」

「それは生まれてきたって言わん」

こんなにもよくしゃべるのり君は初めてだった。あみ子にだけ向けてしゃべっている。嬉しくて楽しくて笑いがとまらない。「ねえ、字書いてやあ」のり君の袖を引っぱった。すぐ振り払われた。

「じゃけえ今日習字の日じゃないって言っとるじゃろうが」

「習字じゃなくてええけえ。書くもん持ってきたんよ。はい」

あみ子は手提げ鞄の中から、木の立て札を取りだした。その日の朝、引っこ抜いてきたばかりで、棒の部分には新鮮な野菜のように土がついていた。札の表面にはなにも書かれていないが、ひっくり返すとハナトルナ！　と書かれている。のり君は帽子のつばを上げた。丸い瞳がやっと出てきた。

「それ。横田さんちのやつじゃ。ちょっと。ほんまになにしよるん。横田さんちのひとが怒るわ」

「これに、弟のおはかって書いて」

「ばかじゃろう」

「弟死んどったけえね。おはか作りたいんよ」

「ばかじゃ。あっち行けや」

それは、書道教室を再開することになった母への祝いの品だった。おととい の夜、テレビを観ているあみ子のもとへ兄がきて、自分で作ったという変な木彫りの人形を見せながら言った。「おれ、お母さんにこれあげるけえ、おまえもなんかあげんさい」なんかってなに、と訊ねたら「なんでもええけえ。お母さん赤ちゃんのことでずっと元気なかったじゃろ。あさってからやっと田中書道教室再開じゃ。その祝いよ」と返ってきた。そのとき赤ちゃんのこと、と聞いて思いついた。母は以前、あみ子が作った『金魚のおはか』と『トムのおはか』を汚らしいと言っていたから、今度は汚らしくない、きれいな墓を作るのだ。

墓に立てる木の札は、前に知らない道で目にしたものだ。その道がのり君が住む家の目の前の道だということは、あとになってから知った。

「たのむ。のり君たのむ」文字は絶対のり君に書いてもらいたい。のり君の美しい字以外は考えられない。何度も頭を下げてたのんだが、相手はなかなかうんと言ってくれなかった。

「いやじゃ」

「たのむたのむたのむ。一生のお願いよ」

「もう、しつこい」

「お母さんのお祝いなんよ」

「え。お祝い？　田中先生の？」ずんずん前に進んでいたのり君の足がとまった。

「そうよ。おとといの夜にね、お母さんのお祝いあげんさいって言われたんよ」

「それ誰に言われた」

「なにを」

「誰にお墓あげんさいって言われたかって訊いとんよ。誰？　お父さん？」

「ううん」

「じゃあ孝太君？」

「うん」

のり君は黙って札とマジックを受け取った。

とてもきれいな字で書かれた『弟の墓』は何度眺めても飽きることがなく、家に持って帰って動物のシールをペタペタと貼りつけたら更に見栄えがよくなった。しばらく惚れ惚れと見つめたあと外に出て、青葱の植えられたプランタがいくつか並ぶ駐車場の隅へと向かった。青葱の横にはなにも植えられていないプランタがひとつだけあり、その中に金魚もカブトムシも眠っている。狭いけれど場所はそこしかないのだ。

台所で夕食の支度をしていた母に近づいて、「ねえねえ、見せたいものがあるんじゃけど」と声をかけた。

「なんじゃろう」にっこり笑って母はこうこたえた。誰に対しても敬語か標準語で会話をする母が、そのころたまにではあるが、方言を使うようになっていた。あみ子のとは違う、妙な発音になるからおもしろい。

「ちょっと外きて」母のブラウスの袖を引っぱった。

「外？　外行くなら、火とめなくちゃ」あみ子に引っぱられるがまま、母はスリッパの音をパタパタ鳴らせて廊下へ出た。「あみ子さん、そういえば今日赤い部屋にこなかったわね。どこか行ってたの」

「ちょっとね」

「もうお習字いやになったのかと思った」

「ぜんぜん。明日は習字するよ」

あみ子は本日の再開より何日か前に、誰もいない赤い部屋で初めて母から書道の手ほどきを受けていた。背後にまわった母が、自分の筋張った手を覆いかぶせるようにして、筆を握る娘の小さな右手を包んだ。それを持ち上げ、墨汁をしみこませ、はらい、とめ、とめ、力を抜いて……と言いながら、一画一画ゆっくり書いた。あみ子は自分がなんという文字を書こうとしているのか知らなかった。母から自由自在に操られている見えない右手が、黒く濡れた線や点、棒やうねりを勝手に描く。それらは文字の一画というよりは目の前で自動的にはめこまれてゆくパズルのピースのようだった。完成図は母しか知らない。白い半紙の上半分、初めに『希』という図が完成した。一旦筆をおいて、深呼吸。再び筆を持ち直し、細かく刻む動作を繰り返してやっと完成した下半分の図は『望』。

「きぼう」と言った母の顔を顧みたら、ほくろがふれあうほどのあまりの近さにびっくり仰天した。ものすごく近かった。お母さんの好きな言葉なの、と母は言ったけれど、それどころではなかった。

「どこ行くの」

「こっちがわ、こっちがわ」

日が暮れかかっていた。隣りの家の台所から、フライパンで勢いよく具材を炒めるような音が聞こえてきた。

「これこれ」あみ子は立ちどまって指差した。

「なあに」母が腰を屈めて、娘が指し示す先を見つめた。外は薄暗いけれど、文字が読み取れないほどではない。白いプランタの中、『金魚のおはか』『トムのおはか』と並んで土に埋めこまれている木の札に、母が顔を近づけた。中腰になって背を丸めている母の後ろで、シューシューと吹けない口笛を吹きながら、あみ子は母の反応を待った。だがなにも返ってこなかった。冷凍されて固められたかのように、中腰になったままの母はぴくりとも動かない。「きれいじゃろ」声をかけてみたが振り返ろうともしない。「ねえきれいじゃろ」すごいね、きれいね、と言ってもらえると思ったのだ。「手作りよ。死体は入っとらんけどね」

母はあみ子に背を向けたままその場にしゃがみこみ、声を上げて泣きだした。最初、咳をしているのだと思った。高い音でコンコンと言っていたから。それが呻き声のようなものになったかと思うとすぐに確かな発声へと変化した。泣き声は大きく響き渡り、兄が玄関から飛びだしてきた。「どうしたん。お母さんどうしたん。あみ子」

「わからん。いきなり泣きだした」

「なんで、あっ。なにこれ」

「どれ？」

「……なにこれ」

「それ、おはか」

「のり君の字じゃ」

「うん」

「ただいまー」父が帰ってきた。

兄は引き抜いた木の札を持って父に駆け寄り、こんなもんが、こんないたずらが、と早口で言った。父は札をちらりと見ただけで、うずくまって泣き続けている母に近寄り、立たせようとしてやめて、両腋の下に手を差し入れてずるずると引きずりながら家の中へ運びこんだ。隣りの家のおばさんが台所の小窓から顔を突きだし、こちらを見ていた。兄が恐ろしい顔を向けるとぴしゃりと閉まった。そのあともしばらく小窓を見たまま動かなかった兄が、ゆっくりとあみ子のほうへ体を向けて、小さな声で訊いてきた。

「あみ子がのり君にたのんだん？」

「そう」

「あみ子が、たのんだん、のり君に」

「そうよ」

「なんで」

「のり君字うまいけえ」

「ほうじゃなくて、なんで墓作ろうと思ったん」

「弟死んどったけえね。おはかがいるじゃろ。お母さんのお祝いも」

「お母さんはこれもらってうれしいかの」

「うれしくないかね」

「泣いとったじゃろう」

「うん。でもあれってほんまにいきなりなんよ。あみ子なんにもしてないよ」

「あみ子」

「なに」

「あみ子」

「なんなん」

すでに日が暮れていた。兄は腹が痛むのをこらえているような顔をして、口を開きかけてはまた閉じて、結局それ以上はなにも言わずに背を向けた。

数時間後、のり君が両親に連れられて田中家を訪れた。あみ子は玄関先で対応する父との会話を聞くためにテレビを消して耳を澄ませた。「そんなこちらこそ」とか、「小さな子どものいたずらですから」とか、父の高い声が響く中、のり君のすすり泣く声も聞こえてきた。のり君一家が玄関のチャイムを押して入ってきたときから出て行くまで、泣き声はずっとやまなかった。

翌日、赤い目をしたのり君に腹を蹴られた。

「おまえのせいで叱られた」とのり君は言った。あみ子は誰からも叱られなかった。そしてその日から母のやる気はなくなった。

兄が突然不良になったのも、ちょうどそのころのことだ。

ある日、外から帰ると、家の中がくさかった。墨汁でも新聞紙でもおかずでもない、新しいにおいだった。においの違和感のせいで、ここは我が家ではないような気がした。異臭の原因を突きとめようと、あみ子は母に訊いた。「これなんのにおい」

母は味噌汁の鍋をかき回すことに集中していて、あみ子の質問にはこたえてくれなかった。夜、同じ質問を父にしたら教えてくれた。

「孝太がたばこ吸いよるんじゃろ」

「エーッ」あみ子は階段を駆け上がり、勢いよく兄の部屋の扉を開けた。散らかった部屋の中であぐらをかいて雑誌をめくる兄のTシャツの胸ぐらを両手でつかんで詰め寄った。「たばこ吸いよるん？　ねえ、たばこ吸いよるん？」

「うっさい」兄はあみ子を突き飛ばした。

「吸いよるんじゃろ。お父さん言っとったもん。たばこ吸いよるじゃろ。におい」起き上がり、もう一度詰め寄った。今度は部屋の外まで突き飛ばされて、木の壁に後頭部を打ちつけた。痛みが走り、「いたー」と叫んだ。

「うっさいんじゃおまえは。死ね」兄は怒鳴り、廊下にうずくまる妹の目の前で大きな音をたてて扉を閉めた。

「うそじゃろー。おわった。不良じゃ」あみ子はぶつけた後頭部を両手で抱えこんだまま、階下にいるはずの父を呼んだ。「お父さん。ちょっとお父さん」

父の返事はなかった。兄を叱りつけてもらおうと思ったのだが、それは叶わなかった。父は十二歳でたばこを吸い始めた息子に、火の始末には十分気をつけるよう声をかけただけだった。

兄は地元の暴走族に入った。仲間とばかり仲良くして、あみ子とは口もきいてくれなくなった。家にもほとんど寄りつかず、たまに帰ってきたかと思うと母に金を要求した。赤い部屋にどかどかと押し入って、生徒たちに指導中の母に向かって「金」と言う。母が首を横に振ると、集められたばかりの月謝袋を奪い取る。ある日その様子を襖の陰で見ていたあみ子は、思わず「いけん」と、声を上げた。兄が手にした月謝袋は、たった今のり君が母に手渡したものだ。のり君は母のやる気がなくなったせいで生徒数が激減したこの田中書道教室に通う、数少ない生徒のうちのひとりだった。のり君がきている日はそっと赤い部屋をのぞいた。自分も母の生徒になったはずなのだが、のぞき見のほうが相変わらず好きだった。『希望』以来、あみ子は筆を握っていない。

「それはいけん。ほかのやつにして」突然飛び出てきて、兄に取りすがって月謝袋を守ろうとするあみ子の姿を、正座したのり君が口を開けて見上げていた。兄は妹の姿など見えていないかのようだった。実はあみ子のほうも、兄の姿は見えていない。兄の腹をばしばし叩きながらも、目だけはのり君をとらえていた。のり君の右手には握られたままの筆。机の上に置かれた半紙にはどんな美しい文字が書かれているのか気になってしょうがない。当然制止しようとする腕にも力が入らず、結局なんのダメージも与えられないまま兄は出て行った。

「あーあ」と言いながらのり君を見やると、ちょうど帰り支度を始めているところだった。

それ以来、誰も習字を習いにこなくなったのだが、それよりも前から「田中先生また寝てる」「田中先生やる気ないね」と、生徒たちが口ぐちに言い合っているのをあみ子は何度も耳にしていた。

教室の閉鎖もあって、のり君とろくに顔を合わせることもないまま小学校を卒業する日がやってきた。あみ子が通う小学校の児童のほとんどは、揃って地域内にある公立中学校へと進むことになっている。中学に入学して二カ月以上が経ってから、のり君が自分と同じクラスに在籍していることを知って驚いた。

3

登校するかしないかは、その日の気分次第だった。そのころになると母はほとんどしゃべらなくなっていたから、「学校へ行きなさい」とも「勉強しなさい」とも言われることはなかった。父はあみ子が起きる前に出勤し、夜遅くに帰宅した。ごくたまに食卓で新聞を広げる父を目にすることがあり、そんなときはそばに寄って、お父さんオセロしようトランプしようと声をかけてみるのだが、誘いに応じてくれることはなかった。

「孝太としておいで」新聞から顔を上げずに毎回そう言ったけれど、あみ子は兄が一体今どこでなにをしているのか知らなかった。

兄は同じ中学に通っているはずだった。あみ子が中学一年のとき、二つ年上の兄は中学三年に在籍していたのだから、学校内ですれ違っても不思議はなかったのだが、なぜか顔を見なかった。それなのにみんなは兄を知っていた。

入学式の日から間もないころのことだ。知らない女の子たちにトイレに呼ばれて、すねを蹴られたことがある。「いい音がする」と言われながら、三、四人の女の子たちから順番に蹴られ続けている最中、別の女の子が勢いよくトイレのドアを開けて中に入ってきて言った。

「ストップ！ それ田中先輩の妹だって」

その一声で、あみ子を囲む女の子たちの足の動きがとまった。蹴るのをやめて、急にやさしい声をだした。「ごめんね。違うんよ」「知らんかったんよ」「全然似てないんですね」「痛かった？ 痛くはなかったじゃろ。そんなに痛くはなかったじゃろ」うんうん、と頷くと、「田中先輩に言わんといてね」と言いながら、全員が小さく手を振りながら走り去って行った。

「田中先輩」なる人物の名は、それ以降も度々耳にした。小学生時代からずっと使っている一休さんの下敷きをクラスメイトに笑われたときも、これは兄からもらったものので、一休さんの鼻毛は兄が描いたのだ、と説明すると、相手は急に黙りこみ、下敷きをじっと見つめて言った。「田中先輩うまいね。らくがき」

コツコツ、サササと音をたてるガラス戸を覆うカーテンは白と水色の縦縞で、強力な夏の日差しを遮る効果はまるでない。あまりのまぶしさに目を細めながら、鳴らない目覚まし時計を手に取ると時刻は十時になろうとしていた。敷き布団の上で伸びをして、汗で顔に貼りついた髪の毛を払いのけ、学校へ行くための着替えを終えて家を出た。

翌朝も、前日と同じように風の音で目が覚めた。始業時間はとっくに過ぎていたけれど、しわだらけの制服を身につけて、昨日と同じく顔も洗わずに家を出た。そして次の日も、あみ子を目覚めさせたのは風の音だった。なぜかその次の日も。音は毎日鳴っていた。朝だけでなく昼間や夕方でも、風が吹いていなくても鳴っていた。薄いカーテンを開け、窓から顔をだして狭いベランダを確認する。からの植木鉢がいくつか隅に寄せ集められているだけで、ほかにはなにもない。階段を駆け下りて、台所へと向かった。台所では母が食卓にうつ伏せになって眠っていた。長い髪を一本に縛り上げる習慣はなくしたらしい。つむじからどくどく溢れだすように、方々へと広がった黒髪に向かって報告した。「変な音聞こえるんじゃけど」

母は顔を上げなかった。あみ子の声は聞こえていないのか、眠ることだけに集中しているようだった。「ねえ、誰もおらんのに変な音聞こえるんじゃけど」

やっぱりなんの反応もないので、その日はあきらめた。

後日、夜遅くに帰宅した父をつかまえて、更に詳しく報告した。「二階のあみ子の寝とる畳の部屋のベランダから変な音聞こえるんじゃけど」

「ほうか」

「うん。こないだテレビでやっとったけど、もしかしたらなんかの霊かもしれん」

「ほうか。こわいのう」

「うん、霊が乗り移った男のひとが」

「こわいこわい」

コツコツ、ぐる、ササササ、ぼぶぼぶ。正体不明の奇妙な音は、そのうちベランダからだけではなく、耳を澄ますとどこにいても聞こえてくることに気がついた。両の人差し指で耳の穴を塞いでいても聞こえてくる。登校し、授業を受けているときも聞こえてきた。「聞こえるじゃろ」と、クラスメイトの女の子に声をかけた。「しーっ、ほら。ね。この音よ」

女の子は眉毛と眉毛のあいだにしわを寄せて「キモッ」と言った。誰もあみ子と一緒に耳を澄ませようとはしてくれない。この音は自分にしか聞こえないのだと思った。テレビで観た心霊特集と同じだ。見えるひとにしか見えない、聞こえるひとにしか聞こえない。ほかのひとは霊の存在に気づいていない。早く消え去ってくれることを願ったが、願えば願うほど音は大きくなってゆく気がした。

一年生のときか二年生のときか、どちらかのときのある日、ふらふらと学校の廊下をあるいていると、正面からのり君がやってくるのが見えた。久しぶりだと思ったから二年生のときかもしれない。髪と背が伸びてかっこよくなっていた。近寄って声をかけた。「のり君、のり君」

のり君はあみ子をよけた。「ねえ、ベランダにねえ」と言いながら、今かわされたばかりの、のり君の制服の袖をつかんだら振り払われた。のり君のそばにいた女の子が「キモーイ」と言い、男の子が「逃げろ逃げろ。のり君逃げろ」と、手を叩いて騒いだ。のり君は言われた通りに走って逃げた。「早く逃げろ。あみ子が追いかけてくるぞ」

だけどあみ子はのり君を追わなかった。爆笑の渦の中、すごいスピードで駆け抜けてゆくのり君の背中をぼんやり見ていただけだった。

秋の夜、毛布を頭からかぶって階段を下り、両親の寝室の扉を開けた。うるさくて眠れないのだ。妙な物音はあみ子が寝起きする部屋の外側に張りだしたベランダから最もよく響いてくる。学校にいるときはもやもやとかすかに響くあの音が、ベランダの近くにいると直接耳に入りこむ。まぶたを思いきり閉じていると今度は頭が痛くなる。菓子を食べてマンガを読み、テレビを見て昼寝をし、その合間に自作の体操をすることが、学校へ行かない日の決まったスケジュールだが、そんなことも苦痛に感じるほど、あみ子の体力は連日の睡眠不足によって消耗していた。隣りの席の男の子からは「おまえ風呂入っとるか」と訊かれた。訊かれて気がついたが、入っていなかった。いつから入っていないかさえ覚えていないほど、入っていなかった。「はっきり言うけど、おまえくせえよ」音が聞こえ始めてからだ。体力だけでなく食事や入浴などの日課をこなす気力もわいてこなくなっていた。時間を把握することも困難で、遅刻や欠席が重なった。ぼさぼさの頭でなんとなく登校してみたらちょうど下校の時間だった、ということも何度かあった。しかしなぜか叱られなかった。小さなころは叱られてばかりいたのに。

両親の寝室は真っ暗で静まり返っていた。あみ子は扉に一番近いところで黙ってごろりと横になった。

そして目が覚めたらいつもの二階の部屋にいた。

毛布でくるまれた左の肩に、強く叩かれた感触が残っている。数時間前、父に起こされた感触だ。もうろうとする意識の中、無理矢理立たされ、あるかされ、階段を一段一段踏みしめるようにして上った。右足、左足、右、左、ほい右。父の声が耳によみがえる。半分寝ているあみ子が階段を踏み外さないように、体を支えながらつき添ったあと、父は娘が倒れこんだ二階の和室の襖を閉めた。

二度目に両親の寝室に足を踏み入れたとき、また起こされることのないように前もって宣言しておくことにした。「今日からここで寝るけえね」

四畳半の寝室いっぱいに二組の布団が敷かれていて、母は頭まで掛け布団をかぶってすでに寝入っているようだ。風呂上がりの父が布団の上であぐらをかいて、手にしたタオルで頭をこすっていた。「なんで」と父から理由を訊ねられたあみ子は「前から言っとるじゃろ。霊がおるんよ」とこたえた。

「孝太の部屋にしんさい。広いで」

「あの部屋くさいけえいやよ」

兄の部屋にはマンガを借りるときだけ息をとめて入り、用が済んだらすぐに出た。いつ出入りしてもそこに兄の姿はなかったが、灰皿代わりにされたパイナップル缶からは甘くて苦そうな、複雑な悪臭が漂っていた。

「幽霊はあみ子の気のせいじゃ。テレビの見すぎなんじゃ」と父が言った。

「気のせいじゃない」あみ子は力強く言い返し、前から思っていたことを口にした。

「弟の霊かもしれんよ」

父が頭をこする手をとめた。

あみ子は続けた。「ほら昔、弟死んだじゃん」父が立ち上がった。「弟、たぶんまだ成仏できてないんよ」父が布団をかぶって眠る母を一度見た。「お父さん?」それからあみ子に近づいた。右腕を伸ばし、その先の手のひらで父はなにも言わずにあみ子を押した。左の鎖骨のあたりをとん、もう一度同じ場所をとん、とやられたら、体はもう両親の寝室の外にあった。

「おれいよいよ限界」と、隣りの席の男の子が言った。自習時間中の教室内は騒がしい。よく聞き取れなかったが、ひとりごとではなくて、あみ子に話しかけているのだった。「風呂入れって言っとるじゃろ、まじで」

ああ、と返事をしたのに、一体なにが気に入らなかったのか、座っている椅子のあしを強い力で蹴ってきた。がつんと音をたてて、椅子はあみ子を乗せたままゆらりと大きく斜めに傾いた。「うわっ。軽っ」

「おまえ軽いのう。めし食っとるんか」その質問に対しては首を横に振った。「食えよ。がりがりすぎてキモイじゃろうが」

きもい。中学時代に最もよく耳にした言葉。おはようよりもよく聞いた。

「ええか。おまえのアニキは卒業したんで。それわかっとんか」

あみ子のアニキは卒業した。言われるまで気づかなかった事実だが、それよりも突然どうして兄の話になるのかがわからなかった。

「ばか。しっかりせえよ。ええか、去年まではおまえのアニキにびびって、みんな遠慮しとったけど、アニキおらんかったら、おまえなんか指でプチッてやられて終わりよ。あんまり学校こんし、きたと思ったらくさいし。まじで、いつか、絶対やられる。いやじゃろ」

「ああ」

「ああじゃない。殺されるかもしれんって言うとんじゃ。いやじゃろ」

「ああいやじゃね」

「よし。ほんならせめて風呂入れ。ほんでたくさん食って太れ」

「うん」

「ほんでなんで裸足なん。上履きは？　いやその前に靴下は」

視線の先はあみ子の足元にあった。今朝、久々に登校してみたら下駄箱にあるはずの上履きがなくなっていたのだ。靴下を履いていなかったから朝から裸足で過ごしていた。

「上履きはなかった。靴下は家にある」

「ほー。それで足踏まれてみ。ばり痛いで。泣くで。踏んじゃろうか。えーい。うそうそ。画鋲踏んづけたらどうなるんじゃろう。よし実験じゃ。試しにやってみ、今こで。うそじゃって。ははは、ばーか。でもええのう。なんか、自由の象徴じゃのう。ま、いじめの象徴でもあるけどの」

男の子はあみ子のごぼうみたいな足を見ながらしゃべり続けた。べらべらとよくしゃべるひとだった。つられてあみ子も、しばらく誰にも話していなかったことを聞いてもらいたくなった。

「ベランダに幽霊おるんじゃけど」

「はい？」

男の子は頭を起こして、あみ子の足から顔に視線を合わせた。

「もうずっと前からよ。誰もおらんのに変な音が聞こえるんよ」

「どんな」

「もうほんまにしんどいよ。うるさいし」

「じゃけえ、どんな音？」

「えっと、コツコツ、パサ、グルルウ、クウクウ、パササ、ポウポウ、ぼぶぼぶぼぶぼぶぼぶぼぶぼぶぼぶ」

「うるさいやめろ。ていうか、今気づいたけど、おまえのプリントなにそれ。その漢字」まだ話の途中だというのに、男の子は突然あみ子の机の上に置かれた一枚のプリントを片手で取り上げた。「この漢字。私っていう漢字に送り仮名はいらん。しをつけたら、読むときわたしになるじゃろ。朝っていう字も左側が車になっとる。こわい。字も汚い」ここも違うそこも違うとプリントを指でバチンバチンはじきながら指摘した。腕を組み、息を吐いて、うーんと言った。「もうちょい頭よくならんといけんのう」

「ああ」

「おまえ小学校のときから全然勉強しとらんじゃろう。さぼってばっかりおったらどこの高校も受からんで」

「うん」

「字が汚いのも謎じゃ。かあちゃん習字の先生なのに。あ、関係ないか。おまえ習ってなかったもんね。教室に入ったら怒られとったもんね。陰からのぞくだけでもかあちゃんに睨まれとったよのう」

「そう」詳しい。男の子はよく知っていた。

「ありゃおれにも責任があるんじゃ。今じゃけえ言えるけど、実は友達と競争しとったんよ。どっちが先におまえの姿を発見できるか。先にあみ子じゃーって叫んだほうが勝ちで、百円もらえる。習字教室に限らんよ。学校でも、どこでも」

「ふうん。そうなん」

「叫びすぎたかもな」

「あんた習字の生徒だったん」

「知らんかったんか。じゃけえおれ字うまいじゃろうが」男の子はそう言いながら自分のプリントを差しだした。書かれている字は大きく、汚かった。「ほんでベランダっていうのは、おまえん家の、柿とか洗濯物が干してあったあのベランダか、それとも反対側の、狭いほうのベランダか」

急にベランダのことを訊かれたから、あみ子は見ていたプリントから顔を上げた。

「なに」

「幽霊のことじゃ。幽霊がおるんじゃろ」

「なにが」

「ふざけんなよ。おまえさっき言ったじゃろうが。ベランダに」

「あ、そうなんよ。ベランダからね、誰もおらんのに変な音聞こえるんよ。パサパサパサ、コッ」

「聞いた。霊のしわざじゃ」

「じゃろ? どうする」

「知るかっ」

休み時間を知らせるチャイムが鳴った。なにも入っていない鞄を持って教室を出た。裸足の足の裏に、廊下がつめたくくっつき気持ちがよかった。あみ子が一歩を踏む度にペッタピッタと鳴り響く。そのリズムに合わせて頭の中で聴いたことのあるメロディーと歌詞が流れ始めた。十分間の休み時間のあとにはまだ授業が残っていたが、お腹が減ったと感じたので家に帰ることにした。腹が減るのはずいぶん久しぶりのことだった。

その夜は歌をうたった。昼間に学校の廊下で頭の中に溢れだしてきた歌だった。大きな声でうたっていると霊の音が聞こえてこないことに気がついた。途中、部屋に入ってきた父に、「もうちょい静かにうたいんさい。お母さん寝とるんじゃけえ」と注意され、言われた通りに声量を落としてうたった。ささやくようにうたっていると、遠くでバイクのエンジン音が聞こえてきた。何台ものバイクが、集団で夜の町を暴走している音だった。さらに声を小さくし、鼻でうたいながら耳を澄ませた。やっぱりそうだ。とりわけすごいのが一台いる。そいつは先頭を突っ走り、力強い唸り声を上げながら後ろに続くバイクを引っぱる。みんなは負けるもんかと必死の顔してついて行く。あみ子も一緒について行く。ささやくようだった歌声は次第に大きくなってゆき、引っぱられる度に、近づいてくる度に、もっともっと大きくなってゆき、わめき、叫び、頭のてっぺんが張り裂けそうになったところで、「あみ子っ」父に怒鳴られ、布団をかぶった。

その日以来、妙な物音がさほど気にならなくなった。完全に聞こえなくなったわけではない。ベランダのそばに近づくと、はっきり聞こえた。しかし離れたところにいると聞こえない。以前なら、どこにいても聞こえてきていた。あるくリズムに合わせて、グルグル、パササと音も一緒についてきた。それがなくなった。歌の効果はすごいと思った。音が入りこむ隙間は歌によって閉ざすことができるのだ。いつでもうたうようにこころがけ、外をあるいているときも、授業中も、家の中でも、どこでもうたった。風邪をひいて声ががらがらでも構わずうたった。祭りの日には太鼓の音と、土曜の夜にはバイクの爆音と共鳴した。うたうと腹が減り、菓子を食べたあとに食パンの白いところを食べ、そのあとバナナの皮をむいた。浴室内での歌声は高く響いて気持ちよく、日に何度でも入浴した。

またひとつ学年が上がるころ、あみ子は太って清潔になった。

4

日曜日の午後、担任の先生が田中家までやってきた。通常、学校の教室で行われる三者面談を家の台所で行うという。平日は父がどうしても仕事を休めないという理由でそうなった。受験勉強、進路相談、模試の結果、どれも話題に上らなかった。担任は茶にも饅頭にも手をつけず、母の体調を気にしていた。「お体の具合はいかがですか」

「まあ、いったりきたりといった感じですかねえ」と、父がこたえる。

「お母さん一日中寝とるんよ」あみ子が饅頭を頬張りながらつけ足した。「全然やる気ないけえね」

「入院すると少しよくなって戻ってくるんですが、精神的なものですんで、環境によってまた悪化したりといった具合なんです」

「ちょっとちょっと入院って誰が。お母さんじゃないよね」

「そうですか、それは……」

父も担任もあみ子のほうを見ない。やりとりは頭の上で交わされていた。「それは大変なことで」と、担任が低い声で言ったのを最後に会話がやんだ。玄関先で担任を見送ると、父にさっきと同じ質問を投げかけた。

「ねえちょっと、入院って誰が」

「お母さん」父は背を向けたままこたえた。

母が入院していたことを、そのとき初めて知らされた。「今も？　今も入院しとる？」

「今は家におる」父は声を小さくした。

「あ、そうなん？」あみ子は母が寝ているであろう方向に視線を向けた。仏間の隣りの赤い部屋。いつからか両親は寝室を分け、赤い部屋が母専用の個室になった。眠る母を起こさないように気づかって、父はあみ子に赤い部屋はもちろん、隣りの仏間に入ることも禁止した。三者面談を台所で行ったのもそのためだ。「今はおるよね。あーびっくりした」

ちなみに、母が寝てばかりいるのはこころの病気のせいなのだと、父からは聞いている。それを知ったとき、この世にそんな病気があること自体に驚いた。年取った大人が、それも自分の母が、料理も作らず掃除もせず、やる気のないままに一日中部屋にこもって姿を見せない。骨折したわけでも手術をしたわけでもなく、ただこころが悪いのだという。それだけの理由で部屋を占領し、その上入院なんてできるものだろうか。父は母のことを少しくらい叱りつけてもよいのではないか。いつかの晩、あみ子のことを押したみたいに、母の体を押して押して押しながら、一度台所まで運んでしまえば母のやる気だって戻るかもしれない。

もう何年も母の手料理を食べていない。

「好きな食べものはなんですか」

初対面の日、母は幼い兄妹にこの質問をした。兄は「肉」とこたえ、あみ子は「あみ子も」とこたえた。母は手にしたメモ帳に「孝太さんはお肉、あみ子さんもお肉……」と言いながら兄妹の好物を書きとめた。天井に取りつけられた扇風機がゆっくりと首を回し、白いテーブルの上に置かれた母のメモ帳を、ささやかな風でときたまパラパラとめくった。

兄とあみ子が並んで座り、向かい側に父と母が座っていた。真っ白な袖なしのワンピースを着ているあみ子の前にはホットケーキとクリームが盛られた皿、半袖シャツのボタンをきっちり上までとめた兄の前には牛丼のどんぶりが置かれていた。たこ焼き、ステーキ、あんみつと、品数豊富な喫茶店で、母はサンドイッチをたのんだが、ほとんど手はつけられていなかった。「さゆりさんの料理はうまいんでえ」と、母の横に座った父がハヤシライスのルーとごはんをスプーンでかちゃかちゃ混ぜ合わせながら言った。

「ホットケーキもすき」あみ子が言うと、母は「そうなの」と言ってにっこり笑った。もう一度言った。「ホットケーキもっ」

母の細い目がハッと大きく開かれた。一度テーブルに置いたメモ帳を再び手に取り、「あみ子さんはホットケーキもす、き」と、はっきりした声で言いながらペンを走らせた。

「お父さんアイスたのんでもいい?」牛丼をぺろりと食べ終えた兄が言った。父が頷くと、通路側に座っていた母が首をひねって斜め後ろをあるくウエイトレスに声をかけた。

「すみません」

そのとき初めて母の横顔を知った。母のあごの左下にある、くろぐろと実ったほくろの存在を知った。あみ子はもうそこから目が離せなくなった。

突然ふくらはぎに痛みが走り、「いたっ」と叫んで隣りに座る兄の顔を見上げた。「けったね」と言ったのに、兄はこちらを見向きもせずにバニラアイスをのせたスプーンを口に運んだ。

喫茶店を出てからは、父と母は別の用事があるらしく、兄と二人であるいて帰ることになった。

「ほくろおばけじゃ」そう言うと、兄が恐ろしい顔を向けてきた。

「それ絶対にあのひとの前で言うなよ。お父さんの前でも」

「あのひとじゃないよ。おかーさんよ」

「絶対に言うなよ。あのひとのほくろをじろじろ見るのもいけん」

「あのひとじゃないよ。おかーさんよ」

「ほうじゃけど、とにかく」

「だってぽろって落ちるよ」

「落ちん」

「落ちるよ」

「落ちん。ほくろは落ちん」

「落ちるよ。こないだ落ちとったよ」

「は？」

「公園行くとちゅうの道にいっぱい落ちとったよ」

「それほくろじゃない。ゴミか豆じゃろ」

「ううん。ほくろじゃった」

「絶対違う。もうやめろ、やめんと叩くで」

兄が大きな声を上げて叩くまねをしたのに、あみ子はやめなかった。うそじゃない拾ってくると言い、体の向きを変えたら両肩を押さえつけられ、とめられた。

兄はあみ子の顔を正面から見つめ、肩に手をのせたままゆっくりとこう言った。

「あみ子、あのひとは、おれらの、あたらしい母親になるひとなんじゃ」

「そうよ。おかーさんよ」

「親子ってゆうんはの、子供が親を見たときに、えーっと、たとえばじゃけど、おたまじゃくしがカエルを見たときに、自分の親はなんで緑色で、しかもげろげろ鳴くんじゃろうって思うと思うか？」

「だれが」

意味がよくわかっていないあみ子のために兄は方法を変えた。こちらに向かっておじぎをするような格好になり、頭部がよく見える角度を作ってみせた。「おれのはげ」兄が指で自分の短い髪をかき分けると、そこには白い十円はげが浮かび上がる。あみ子は確認の合図にうん、と頷いた。体を起こした兄が訊いてきた。

「あみ子から見て、おれはなんじゃ？ あにきか、それともはげか」

「あにきじゃ」と、あみ子はこたえた。

「ほうじゃ。じゃああみ子から見てお父さんはなんじゃ。父親か、それともメガネか」

「ちちおやじゃ」とあみ子がこたえる。

「ほうじゃ」と兄が頷く。「それじゃあさっき会ったあのひとはなんじゃ。母親か、それともほくろか」

「おかーさんじゃっ」

「ほうじゃ。そういうことじゃ」

兄は胸を張ってうんうんと頷いていたが、直後に「あっ。あれと同じ大きさじゃった」と言い、高いところを指差した妹に向かって息を大きくひとつ吐いた。

「おまえほんまにわかっとんか」

あみ子が指差す先には赤い実が揺れていた。民家の庭に植えられたぐみの木がたくさんの実をつけ、伸びた枝葉はすぐそばの塀の上までせりだしていた。

えいっ。あみ子は右手を伸ばしてジャンプした。かすりもしない。兄に手のひらを広げて見せた。「しっぱい」

えいっ。高くジャンプ。えいっ。えいっ。ジャンプ。どりゃあっ。そりゃあっ。えいっ。

「どりゃあっ」いつの間にか兄も一緒になってぐみの実をもぎ取ろうとしていた。

「えいっ」

「違う違う。ジャンプしてからつかもうとしても間に合わん。こう、ジャンプしたときにっ」兄が高くジャンプした。「もぐんじゃいっ」着地して、あみ子の目の前で握りしめた右手をゆっくり開き、手のひらの中身を見せてくれた。「ほら」下から見上げるよりも、近くで見るとずっと大きなぐみの実が、そこにあった。

「あみ子も。えいっ」

「違う。ジャンプと同時にじゃ。こうじゃっ」兄の高く伸びた手の中で細い枝がちぎられる音がした。着地して、「ほら」。

兄のまねをして何度も挑戦したがだめだった。えいっ、えいっ、と、陽が傾くまでがんばったのにどうしても届かない。あたりの景色がオレンジ色から澄んだ紺色に変わるころ、ぐみの実も赤から黒へと色を変えた。とうとうからっぽのままのあみ子の手のひらに、兄が自分でもいだ実をぽとぽと落としてこう言った。「食え。甘いで」口に入れてみると酸っぱかった。「すっぱいすっぱいすっぱい」と言いながらぴょんぴょん跳ねた。それがいつの間にかスキップにかたちを変えて「あみ子のは地団太じゃ」と、後ろをあるく兄が笑った。

喫茶店で父が言っていた通り、母の手料理はおいしかった。あみ子はどちらかと言うと普段の食事よりも菓子のほうが好きだったけれど、母が料理を作らなくなった今では炊き込みごはんやきんぴらごぼうの味が懐かしい。家に帰ってこない兄は別として、きっと父も母の手料理が食べたいと思っているはずだ。

「ねえ、お母さんにごはん作ってって言ってみようや」

三者面談を終えた夜、父の同意を誘ってみた。昼間は担任も交えていた薄暗い食卓で、父はうどんを、あみ子はうどんとパンを食べていた。あみ子の提案を聞いた父は、賛成も反対もせず、箸も置かずに全然別の話題を持ちかけてきた。

「引っ越しするか」

「エッ」

母の手料理が頭の外に吹っ飛んだ。代わりに入りこんできた引っ越しという言葉の響きに混乱していた。これまで一度もそんな話は出なかった。急に言われてもピンとこないし、第一、引っ越しをする理由がわからない。父は詳しい話はなにもせず、どんぶりを傾けてうどんの汁をすすっている。あみ子は父を眺めながら食パンの白いところを大きくちぎった。パンを頬張り、父を眺めて、パンを咀嚼し、父を眺めて、口の中でどろどろになったパンを飲みこんでから、ついにそのことに思い当った。

「わかった！　離婚するんじゃろう」

父が「ん?」と答えた。離婚だ。

それから何日か経ったあと、父はあみ子に二つの箱を手渡した。引っ越しに向けて、いるものといらないものを分けておくように、と言った。いるものはピンクのカラーボックスに、いらないものは段ボール箱の中に放りこむ。単純な作業なのに、なぜか散らかっていくばかりの部屋を見かねた父が、休みの日に仕分けを手伝ってくれることになった。

「二時間で終わらすで」と宣言した父は、どんなものでも段ボール箱の中に放った。あみ子はその度に声を上げながら箱へと駆け寄り、中をのぞき手を突っこんで、底に横たわるがらくたを救出しなければならなくなり、作業は一向にはかどらなかった。

「これはまだ使えるのう」と言って、父が珍しくカラーボックスのほうにものを放り投げた。ガチャゴトと音をたてながらおさまったその品を、あみ子はつかみ取って眺めた。緑色の使い捨てカメラだった。

「こんなんいらんよ」

「フィルム残っとるじゃろ。まだ使えるで」

「いらん」そう言って父のそばに置かれた段ボール箱の中に投げ返した。すると今度は父が箱に手を入れ、つかみ取り、カラーボックスの中に投げて戻した。

「もったいないことしんさんな。一枚しか撮ってないじゃろ。あと二十三枚分も残っとる」

「いらんって言っとるじゃろ」

あみ子は段ボール箱目がけてカメラを思いきり投げつけた。箱の中には命中せずに、側面で大きな鈍い音をたて、畳の上へ転がった。

一度手をとめた父が娘のほうをしばし見て、なにも言わずに向き直った。それ以上カメラに手を伸ばすこともなく、目の前のごみやがらくたを一定の速度で順に箱へと投げ入れてゆく。

そして次に父の手から段ボール箱に放られようとしている品を見たとき、あみ子は体当たりで向かって行き、引っかくようにしてその品を奪い取った。

「これはいる」元は銀色の、今では灰色に変色したトランシーバーだ。片手で胸に抱きながら、必死であたりを見回した。「もう一個どこ。もう一個さがして」

トランシーバーは二台で一セットになっている。再び父を突き飛ばし、場所を奪った。深い段ボール箱の中に頭を突っこみ中の品をかき分けた。つかんだものを手当たり次第に放りだし、その都度古い花火セットや小学校のとき使っていた教科書などが宙を飛んでばさばさと畳の上に散らばった。

「ない。ないじゃん。もう一個あるはずなんじゃけど。絶対二個あったもん。弟とスパイごっこしようと思っとったんじゃけえ。そうよ絶対二個あったよ。ない。あっ、隠した？　お父さん隠したじゃろう」

ゴツン、という音がして膝小僧に震動が伝わった。父が畳の上に握ったこぶしを振り落としたことによる衝撃であみ子の手と口の動きはとまった。父は長く息を吐いてから立ち上がり、はっきりとこう言った。

「弟じゃない」

父の顔を見上げた瞬間、しまったと思った。家の中で、学校で、道端で、これまでどれだけ多くのこういう顔が自分に向けられてきただろう。今、父は怒っているのだ。あみ子は言葉の意味を考えた。どうして怒っているのだろうか。弟じゃない、と言っている。早く考えなければならなかった。すでに一歩を踏みだした、父はこの部屋を出て行こうとしている。

「弟よ」やっと言った。「絶対に弟よ。死んだときに成仏できんかったんよ。今も、そうじゃ、お父さん、お父さんにも聞かせてあげよう。この部屋霊の声が聞こえるんよ」

父の茶色いセーターの、裾の部分に手を伸ばし、とにかくベランダのそばまで連れて行きたい一心で引っぱった。力をこめているにもかかわらず細身の父が動かなかった。「きて。こっち。ほんまなんよ信じて。黙って。静かにして静かにして。うそじゃないんじゃ絶対聞こえるんじゃけ」一時は耳障りなほどにまとわりついていたあの音が肝心なときに聞こえてこない。歌をうたいすぎたのだろうか。父のセーターだけが伸び続ける今、今すぐ聞こえてこなければ意味がなかった。

「お願い。静かにして」と、祈るように叫んだら、父がようやく振り向いた。

その表情からはさっきまでの恐ろしさが消えていた。あみ子はほっとし、同時に指の力が和らいだ。解放されたセーターが父の体に吸いつくようにぴたと戻った。霊のことなどどうでもよくなるくらいに安心していた。二人揃って腰を下ろし、またいちから片付けをやり直したらいい。

しかし父は立ったままだ。怒りの消えた表情はそのままで、声はいつもよりもほんの少しだけ高かった。「妹じゃ。女の子じゃった」

「なにが」とあみ子は訊き返した。「女の子？　女の子の霊？」

「霊じゃない。あみ子。今、お父さんは、霊の話は、しとらんよ」また少し父の声が高くなった。「人間じゃ。女の子の、赤ちゃんじゃ」

「赤ちゃん？」

「わからんじゃろう」

「それって」

「あみ子にはわからんよ」

時間がかかった。最初、父は霊のことを言っているのだと思った。しかしそうではないという。そうではなくて、霊のことではなくて、弟の霊のことでも、妹の霊のことでもなくて、父はあのときの、母のお腹から出てきた赤ちゃんのことを言ったのだ。その赤ちゃんというのは、一度も光を見ることができないままに息絶えた、あみ子の弟ではなくて。

父が再び背中を向けてあるきだした。

どうして弟だと思っていたのだろう。妹だったのだ。誰も教えてくれなかった。それとも教えてもらったけれど忘れていたのだろうか。

そういえば墓を作った。墓を作って母に見せた。母はそれを見て泣いた。

階段を下りてゆく父の静かな足音が耳に届き、そのうちなにも聞こえてこなくなった。服やマンガ、菓子の空箱、ほとんど開かれることのなかった教科書や漢字ドリル、片付けを始める前の状態に戻った六畳間の片隅に、トランシーバーが一台、転がっている。もう一台あったはずだった。生まれてくる予定の赤ちゃんとスパイごっこをしようと決めていた。予定が絶たれて一体何年経つのだろう。

一、二、三、と指を折って数えたら、五歳の女の子の姿に行き当たった。一度も会えなかった女の子、これからももう二度と会うことのないその女の子には顔がなかった。ない顔を思いだそうとした。思いだそうとしている自分に気がついて、あみ子はわずかにうろたえた。

5

二月、保健室の扉を開けるとストーブの熱気と共にいつもの女の先生が迎えてくれた。

「おうあみ子、またきたか」保健室の先生は、おばさんなのにおじさんのようなしゃべり方をする。「あみ子の音痴な歌は聴き飽きたで」

「先生マイク貸して」あみ子は右手を差しだした。

「ここはあんた専用のカラオケルームか」そう言いながらも、おもちゃのマイクを手渡してくれた。受け取って、早速息を吸いこみ、うたいだす。

「おばけなんてなーいさーおばけなんてうーそさー」あみ子がうたう歌はいつもこれだ。

「ねーぼけーたひーとがーみまちがーえたーのさー」これ一曲だけだ。

「だけどちょっとだけどちょっとぼーくだって……」ここで声を落とす。

「おばけなんてなーいさーおばけなんてうーそさっ」最後は爆発させる。

「鼓膜破れる」と、先生が鼻の頭にしわを寄せて両手で耳を塞いだ。

校内は授業中だった。あみ子も数分前まで自分のクラスで数学のテストを受けていた。回収時間までじゅうぶんな時間を残して早々と鉛筆を置いたあと、暇になったので頬杖をついて鼻歌をうたった。中学を卒業したら引っ越すことになっている。父は義務教育期間中である娘のためにきりのいい時機を選んでくれた。引っ越しが決まっているということは、進路が決まっているということだ。誰からも勉強しなさいと言われない。言われなくなってからずいぶん日が経つ。静まり返った教室で鼻歌は意外とよく響き、誰かが小さな声で、うるさいねえ、と言った。

「田中、外でうたえ」教壇でテストを監督していた先生にそう言われて、席を立った。保健室では他に体調不良の生徒がいない限りどんなに大声でうたっても誰も怒ったりしない。菓子やジュース、マンガやオセロも隠してあって教室の中にいるよりもずっと居心地がいい。

一曲うたい終えたらまだうたえる気がした。もう一度繰り返そうとマイクを握り直したら、「待て」と先生が言った。先生は片手のひらをあみ子の顔の前に向けてとめたまま、入口扉付近を見つめている。「ちょっと待て。どうした。入りんさい」扉の向こうがわに立っているらしい人物に、部屋に入ってくるよう声をかけた。青白い顔が扉と壁の隙間からのぞいた。よく知っている顔だった。

「のり君」

のり君はあみ子を見なかった。先生が手招きしても入口の前から動こうとしない。

「どうした」という先生の質問に、かすれた声だがはっきりとこたえた。

「朝から具合悪くて保健室で休ませてもらおうと思ったんですけど、やっぱいいです。教室戻ります」

立ち去ろうとするのり君を、先生が引きとめた。「真っ青じゃんか。ちょっとだけでも休んでいきんさい。あみ子、静かにできるよな」

訊かれたあみ子は力をこめて頷き、言った。「できる。のり君おいで。ジュース飲む？」

無言のまま、少しふらつきながらのり君は入ってきた。二人掛けソファにゆっくりと腰かけて、開いた膝の上に両腕を置き、その中に深く頭を沈ませた。

「しんどそうじゃのう。受験勉強で寝不足か」

先生の問いかけには、わずかに首を縦に動かした。あみ子は部屋の隅に置いてある小型の冷蔵庫からりんごジュースを取りだし、洗って伏せてあったマグカップに注いだ。のり君の前に差しだしたが、反応はない。お菓子なら食べるかもしれないと思い、先生に甘いものはないかと訊いた。先生は机の引きだしの中を探ったあと、「食欲なんかないじゃろうけど、もし腹が減ったら食べんさい」と言って、茶色い箱を手渡してくれた。「あみ子、ひとり占めしちゃいけんよ」

金色の大きなハートマークが中央に描かれたその箱には見覚えがあった。

「あーっ。これ知っとる。食べたことある」いつだろう。ずいぶん昔のことのような気がする。「先生もこれ好きなん」

「おう。それ、まわりのチョコもうまいけど、中のクッキーが固くてうまいんじゃ」

「ふうん。そうかいね。覚えとらんわ」

チャイムが鳴った。十分間の休憩時間に入り、トイレに行ったり教室移動をする生徒たちの話し声と足音で、廊下がざわつき始めた。

ベッドでしばらく横になるか、早退するか、どっちか選べと言われたのり君は、早退を選んだ。先生はのり君の自宅に電話連絡を入れてくると言って保健室を出た。あみ子とのり君だけが保健室に残された。あみ子は座らずに両手を体の後ろで組んで立ち、まずはのり君のつむじのあたりを眺めた。薄茶色のさらさらした髪質は、初めて会った日からなにひとつ変わっていない。ソファに腰かけて顔を伏せたままぴくりともしないのり君を、気の済むまで上から眺めることができた。こんなにも間近に見るのは本当に久しぶりだ。前の年は別々のクラスだったが、このときはまた何度目かのクラスメイトとなり、さっきも同じ教室で同じテストを受けていた。クラスメイトとはいえ、二人きりの会話は皆無だったし、席も遠く離れていて近くにいられる機会はまったくないも同然だった。もうじき卒業する日がやってきて、今よりずっと遠くなる。のり君が顔を上げたら引っ越すことを伝えようと決めて、それまで待つことにした。

ストーブがぼうぼうと熱気を放つ音を聞きながら、のり君早くこっちを向いてと声にはださずに呼びかける。視線を送り続けていると、のり君の黒い制服の肩の部分に白い糸屑がついていることに気がついた。あみ子は息をとめながら右腕を肩に伸ばし、親指と人差し指で糸屑をつまみ上げ、床に落とした。のり君は気がつかない。

「糸、ついとったよ」そっと伝えてみたが、反応はなかった。「のり君おはよう」びくともしない。することがなくなったので、のり君と向き合うかたちでソファに座り、机の上に置かれた菓子の箱に手を伸ばした。包みを開けて、茶色いハートをひと口齧った。先生が言った通り、チョコにくるまれているクッキーが固くておいしい。ぼりぼりと噛み砕きながら、のり君に聞こえるように感想を言った。「ああおいしい」

二枚目に手を伸ばした。二枚目はまわりのチョコレートだけを舌でなめて溶かして味わった。ハートの衣をきれいになめあげると、中からは丸い形をした小麦色のクッキーが現れた。それをテーブルの上に置き、三枚目に手を伸ばす。三枚目も同じようにしてチョコレートだけをなめて味わった。そして霧が晴れていくように思いだした。この味を知っている。食べたことがある。父にもらったことがある。それは十歳の誕生日だ。

立ち上がり、のり君の肩を揺さぶった。

「のり君起きて。これのり君が好きなお菓子じゃ。ほら、見てみんさい。好きじゃろ」揺さぶり、叩き、大声で話しかけた。それでも顔を上げようとしないのり君に思いださせたかった。「四年生のときじゃ。学校から帰るときのり君にあげたじゃろう。

誕生日にもらったチョコ、ほら、のり君が全部食べたやつよ」

しかしのり君は岩のように動かない。あきらめて、ソファの上に座りこんだ。再びチャイムが鳴り、廊下をバタバタと駆け回る生徒たちの足音で壁の向こうは束の間にぎわい、静かになった。あみ子は四枚目の包みを手に取った。保健室の中にカサカサと包みを開封する音が響いた。口へ運ぼうとしたそのとき、のり君がいきなりものすごい速さで顔を上げた。ザバッと、水中からの息継ぎに似た音がした。充血した目をあみ子に向けている。驚いて見つめ返した。

「クッキーじゃろ」のり君が言った。

かすれて、苦しそうな声だった。のり君はあみ子が手にしている一枚のチョコレートクッキーを見てから、机の上に並べてある二枚に視線を移した。その二枚は、たった今あみ子がハートの形をしたチョコレートクッキーから、ただの丸いクッキーに変身させたものだった。湿っている。のり君の口から震えた音が出た。あれは、と発声したようだったが、はっきり聞き取ることはできなかった。少しの間があって、次にのり君が言葉を発しようと口を開きかけたその瞬間にあみ子が叫んだ。

「好きじゃ」

「殺す」と言ったのり君と、ほぼ同時だった。

「好きじゃ」

「殺す」のり君がもう一度言った。

「好きじゃ」

「殺す」

「のり君好きじゃ」

「殺す」は、全然だめだった。どこにも命中しなかった。破壊力を持つのはあみ子の言葉だけだった。あみ子の言葉がのり君をうち、同じようにあみ子の言葉だけがあみ子をうった。好きじゃ、と叫ぶ度に、あみ子のこころは容赦なく砕けた。好きじゃ、好きじゃ、好きじゃすきじゃす、のり君が目玉を真っ赤に煮えたぎらせながら、こぶしで顔面を殴ってくれたとき、あみ子はようやく一息つく思いだった。

赤黒いものをくわえて玄関の上り口に腰かけている娘と目が合った途端、父の顔は白くなった。今停めたばかりの車にあみ子を引きずり押しこんで、なにも言わずに発車させた。途中、(どこ行く気なん。帰りたい)と訴えたあみ子を声の主を疑うほどの野太い怒鳴り声で黙らせた。「しゃべるな」と父に言われて娘はその通りにした。車はジェットコースターくらい速かった。信号を無視し、自転車に乗った女の子を轢きそうになりながら、たしかシートベルトさえ装着しないままに辿り着いた先は病院だった。

あみ子は唇のすぐ左上、口を閉じたときにちょうど裏側に八重歯があたっていたところを三針縫った。指先で皮膚を上からなぞっても、その下に八重歯の盛り上がりを確かめることはできなくなった。左の八重歯が一本と、その内側に隣り合う歯が一本、更にもうひとつ内側の、前歯と呼ばれる二本の歯の内の一本が、保健室で血と一緒に飛んだ。

一体何発殴られたのか、数えていないけれどそんなに大した回数ではないと思う。殴られている最中、不思議と痛みを感じなかった。先に保健室から出て行ったのはのり君だった。突然殴る手をとめて、最後になにか言ってから走り去った。保健の先生はまだ戻ってこない。残されたあみ子も時間を置かずに保健室をあとにした。

教室に戻る気はなかった。校舎の一階、南向きに位置する保健室から下駄箱までわずか十歩、そこから正門を抜けるまでおよそ三十歩、その間誰にも会わなかった。家までの帰り道、腰の曲がったじいさんがあみ子のよろよろあるく速度に合わせて頭を回し、杖で体を支えて立ちどまったまま、じっと見つめてきたけれどなにも言ってこなかった。小さな犬を連れた若い女のひとに「どうしたの。大丈夫？」と訊ねられたときはその場から走って逃げた。「どうしたの待って」と後ろで声がした。振り返らなかったのは犬のせいだ。吠えまくりながら、あみ子に噛みつこうとした。息を切らせて玄関の扉を開けると腰かけるのにちょうどいい高さがそこにあった。口の中に丸めたティッシュを詰めこんで、あみ子はずっと父の帰りを待っていた。

処置が施されたあと泣いた。帰りの車の中でもまだ泣いていた。

「痛い。入院したい」と父に言ったつもりだったけれど、低い呻き声にしかならなかった。

（お父さん、入院したいよ）

「しゃべらんとき」父はいつもの声色でこたえた。

（ねえ、お母さんは入院したんじゃろ。あみ子も入院してもええじゃろ）

「しゃべらんとき」

（ずるいよ。お母さんばっか）

深夜の道路は空いていた。父もあみ子もシートベルトを装着し、まわりの車と同じ速度で走行した。途中、赤信号で停車して、青信号で発車した。一体なにがあったのか、父からは一切訊ねられなかった。病院で問われたとき、しゃべることのできないあみ子の代わりに「転んだ拍子にどこかの角にぶつけたんだと思います。あとで本人に訊いてみます」と言っていたけれど。

ゆるやかで心地良い振動に加えて痛み止めの薬が効き始めたのか、そのうち頭のてっぺんに座布団三枚を重ねてのせているような、振り払いたいけれど面倒くさい、別にどっちでもいいような投げやりな重みに覆われた。このまま父と我が家に帰る。入院はもういいから今は自分の布団にもぐって眠りたい。朝から晩までふかふかの布団にくるまれているひとがうらやましい。きっと今も赤いじゅうたんが敷かれたあの部屋で、自分の娘が血を流したことも、歯を失ったことも知らないままに静かな寝息をたてているに違いない。

母はあみ子から姿を隠して生きてきた。やる気をなくしたその日からずっと、何年もの間、あみ子に見つからないように行動することだけがどうやら母の生きる目標になっていた。そのうち娘のほうでは母がどんな顔をしていたか思い浮かべることさえできなくなった。浮かんでくるのはほくろだけだ。笑っているときも怒っているときも泣いているときも書いているときも食べているときも、いつでも落ちそうだったあの黒大豆のような母のほくろ。初めて見たときは、ぐみの実と変わらない大きさに見えたけれど、それはきっとあみ子の体が小さかったせいだ。生活してゆく中でほくろは落ちるものではないと知った。それなのになぜか母のにだけはこだわり続けた。家族ならそんなこだわり持ってはいけないことになっていると、兄がそう言っていた。

抜糸までは四日、抜糸を終えて三日が経つころには、あみ子はこれまでと同じようにしゃべることができるまでに回復した。縫ったあとの皮膚は引きつり、たまによだれが垂れることもあるが、不便だとは思わなかった。三本の歯は完全に抜けたわけではなくて、根っこが残っているから差し歯をお作りすることもできますよ、と担当医は言った。しかしあみ子は舌先でなぞったときに伝わる、歯茎と穴のでこぼこが気に入った。何度も繰り返すうちにそれは新しい癖となり、べつにもう歯はいらん、と担当医にそう伝えた。

6

晴れた日の朝、カラーボックスにふたをした。引っ越しの荷物は片手で持ち上げられるほど軽かった。振ると、ガチャガチャと頑丈な音がする。来月の引っ越しまでにまだたっぷりと日を残し、あみ子は準備万端だ。

畳の上を膝立ちで移動して、冬の太陽が細々と照らしだす白い空間を見つけてそこにごろんと横になった。部屋の大半を埋め尽くしていたごみやがらくたは、収集日がくる度に父と一緒に運びだし、家とごみ捨て場を何往復もしてどうにか片付けることができた。手元に残ったのは数枚の下着と服、鉛筆二本と下敷き、キーホルダーが三つとトランシーバーが一台、新品のはみがきセット、古いハンカチ、だけだった。

足元に置いた電気ストーブの熱が強すぎて、遠ざけようと腰から下を反対方向によじったとき、ふいにあの音が聞こえてきた。パサ、クルルル、コト。上半身を起こし、片手で口を塞いでよく耳を澄ませると、ガラス窓一枚隔てて頭のすぐ隣りにあるベランダからやっぱり聞こえる。歌をうたうぞと思った。慣れたものだ、こういうときはうたえばいいのだ。口を開けて息を吸いこんだ。途端にのどの奥が詰まるように苦しくなった。一瞬わからなくなった。

ガサガサッガサ、グルル、ぼぶぼぶ、ササ、窓の外で音は次第に大きくなってゆく。声がでない。声だけではない、声と息。あみ子は息ができなかった。吸いたいのか吐きたいのかどうしたいのかがわからなかった。霊のしわざかと思った。霊の存在ならまだ信じていた。なんの霊かは今となっては知らないし、知ったとしても墓を作ってあげることはできない。墓を作れば涙を流すひとがいる。あみ子にできることはにもない。屈めた体が畳の上で細かく揺れた。音があみ子を揺さぶっていた。ベランダからの音に合わせて自分の心臓も深く速く叩かれた。胸が苦しい。息ができない。揺れは次第に大きくなった。立ち上がることのできない体に大音量が襲いかかった。

死ぬっ、と思った瞬間、あみ子の混乱する脳味噌があることに気がついた。

これはベランダからの音ではない。自分の心臓の音でもない。今、どこからかもうひとつ別の音が加わった。霊と心臓を押しのけて、気づけば一番やかましい。この音だ。鼓膜に突き刺さるようなこの爆音が、あみ子の頭と体、部屋全体に揺さぶりをかけている。遠くのほうからすごい勢いでやってきて、わめいて、暴れて、殴りとばして、あみ子を襲うすべての雑音を踏んづけて潰す。踏んづけて潰す。

それは土曜の夜の音だった。週末の夜が訪れる度に聞こえてきていたあの激しく狂ったエンジンの音だった。ひとびとの迷惑も考えずにいばり散らして暴走し、滅多なことではその姿を現さない。

ふいに静かになった。エンジン音が鳴りやんだ。震えのとまらない口で息を吸って、吐いた。呼吸ができた。両手を伸ばし、ピンクのカラーボックスを引き寄せた。ふたを持ち上げ横にずらし、中から黒ずんだおもちゃを一台、片手でそっと取りだした。話がしたい。丸くて黄色いボタンを押してみた。耳に当てるとザーザーと音が聞こえるはずだった。しかしなにも聞こえてこなかった。それでもあみ子は始めの文句を口にした。

「応答せよ。応答せよ。こちらあみ子」

誰からもどこからも応答はない。

「応答せよ。応答せよ。こちらあみ子。こちらあみ子。応答せよ」何度呼びかけても応答はない。

「もしもし聞こえとる？　あみ子じゃけど」ひとりでしゃべることにした。

「お父さんとお母さんが離婚することになったよ。あみ子はお父さんと引っ越すけえ、もうすぐこの家からおらんくなるわ。ご近所さんともさよならじゃ」

言いながら、ご近所さんの顔がひとりも思い浮かばなかった。

「のり君ともさよならじゃ。のり君はね、泣いたけえね。こないだ。泣いたんよ。これ言うなって言われたけえ、誰にも言っとらんけどね」

あの日以来学校へは行っていない。「あーあ」と、電池切れのトランシーバーを相手に、大きくため息をついたあと、舌先で穴の空いた歯茎をなめた。

「あのねえ、妹だったんと。弟じゃなかったんと。なんで誰も教えてくれんかったんじゃろう。いっつもあみ子にひみつにするね。絶対みんなひみつにするよね」

トランシーバーが熱かった。手は汗ばんでいた。六畳間の空間がクラスメイトたちの笑い声で満たされた。どういうことかと思ったら、そのときあみ子は泣いていたのだ。あみ子が泣くとみんな笑った。泣きかたが変じゃと言って、指を差してげらげら笑った。でもそんなにおもしろいだろうか。自分ではわからない。

「あー」

おもしろいのだろうか。

「あー霊がおるよ今も霊おるよもうだめじゃ」

そう言った直後、耳がかけらのような言葉をとらえた。それは機能を失ったトランシーバーの奥から伝わる、初めての応答だった。一瞬のことだった。そのひとは、とても小さな低い声でたったひとこと、「は?」と言ったのだ。

唾を飲みこみ、あみ子はもう一度言ってみた。

「……幽霊がね、おるんよ。ベランダのところにね」そこまで言うと唐突に怖ろしさが湧き上がり、とまらなくなった。「どうしよう。こわいこわい。こわいよ。こわいこわいこわいこわいっ。こわいんじゃこわいんじゃ助けてにいちゃん」

雷のような音が足を伝わり、バシンと鋭い音をたてて部屋の襖が開けられた。見上げるとそこにライオンみたいなひとが立っていた。ぽかんと口を開けているあみ子に向かって、仁王立ちしたライオンのひとは軽くこくりと頷いた。そして大股で部屋の中まで入ってきた。

自分たちが初対面でないことは、あみ子にはとっくにわかっていた。生まれたときからよく知っている。しかしどうしても結びつかない。だから、このひとがそうかと思った。冬の陽光を浴びながらきらきらと舞い上がるほこりの中で、一番強い動物のような顔して立つこのひとこそが、田中先輩。

田中先輩はあみ子の目の前を通過して、窓の取っ手に手をかけた。あみ子は畳の上に座りこんだまま、田中先輩の金色のたてがみと、難しい漢字で埋め尽くされた先輩の豪華な服を眺めていた。すると窓が、襖と同様に横へ勢いよく開けられた。続いてガンッガシャンという音が鳴り響いた。田中先輩が重ねられた植木鉢を蹴り上げた音だった。あみ子が驚きの声を上げたのと同時に、黒っぽい物体がバサバサバサと音をたてながら、窓の外を横切った。

それは鳥だった。なんの鳥かはわからなかった。確認する間もなく羽をはばたかせて飛んで行った。あみ子は窓のところまで四つん這いになって進み、おそるおそる外に顔をだした。冷たい風におでこを叩かれながら割れた植木鉢のあたりをのぞきこむと、ちょうど田中先輩が見下ろす視線の先に、巣があった。あみ子の両手のひらを広げたくらいの大きさで、植木鉢の陰に隠れるようにして作られていた。子供のころに読んだ絵本の中に描かれていたのと同じで、真ん中に小さなたまごが三つ、寄り添うようにのっていた。あみ子はわあ、とかすれた声で言い、もっとよく見るために顔を近づけた。いつからおったん、小さいね、生まれてくるん。たまごに語りかけたい言葉が胸の中に溢れてどきどきした。今、目の前を飛んで行った鳥はあんたたちのお母さんか、心配せんでもすぐに戻ってくるよ、このベランダがあんたたちの家ならね。こわくないよ安心しんさい。そっとなでてあげようと、たまごに向かって右手を伸ばした。だが指先が巣に届く寸前で、傷だらけの大きな手によって遮られた。あっ、と思ったときには遅かった。田中先輩の右手はたまごもろとも、巣をわしづかみにした。短く乾いた音が鳴り、太い指の間から小枝がこぼれた。素手に巣とたまご三つを握りしめ、先輩は遠くの空を仰ぎ見た。あみ子もつられて空を見た、次の瞬間。

「どりゃあっ」

かけ声とともに、巣はぶん投げられた。あみ子は声を上げることもできずに、高く高く打ち上げられてゆく巣とたまごたちを目で追った。

冬の澄み渡った空中で、その一番高いところではらはらと分解してしまうまで、あみ子は瞬きもせずそれを目で追い続けた。

教室の後ろの掲示板には、クラスメイトたちの習字の作品が貼りだされている。あみ子のはない。休んでいたのかもしれない。のり君の姿は見当たらず、あみ子は通りすがりの男の子にのり君の作品はどれかと訊いた。

「またか」

そう言いながら、男の子は一枚の作品をバチンと指ではじいた。『金鳳花』と書かれていた。

「おまえは毎度毎度のり君のどれって訊いてくるね。一途なやつじゃのう」男の子は言い、笑った。

「なんて読むん」と、あみ子が訊ねた。

「キンポウゲ」と返ってきた。

「エー、変なの。それって苗字?」と、更に訊ねたら、少しの間がありこちらに顔を向けてきた。

そして、「おい、鷲尾のことか。なんて読むんって、まさか鷲尾のことか」と、驚いている顔であみ子を見つめた。

「わしおって」

「おまえの大好きなのり君じゃんか」

「きんぽんげんは」

「ばか、キンポウゲはこの字。花の名前じゃ」

その聞いたことのない花の名前の横に書かれているのは、『三年三組　鷲尾　佳範』

これが知りたかった。小学一、二年と、中学一年、そして三年でも同じクラスになり、名簿などでのり君の姓名を何度も目にしてきたはずなのに、勉強をさぼってばかりいたあみ子にその漢字は難しすぎた。見覚えはあるのに読むことができなかった。だけどもう決めたのだ。あみ子は知ることにした。

「ちなみにじゃけど、こっちがおれの名前。読めるか？　読めるよな、な」と、のり君の名を教えてくれた男の子が一枚の作品を指差し、訊いてきた。そこには大きくて汚い字が書かれていた。あみ子は口の中で、わしおよしのりと繰り返すのに忙しく、男の子の質問にはこたえられなかった。鷲尾佳範。田中先輩の服に書かれていた漢字よりやさしい。

「いよいよ卒業じゃのう」

まだそこにいた男の子が、小さく言った。口笛を吹き始めたと思ったらすぐにやめて、鼻歌に変わった。聞いたことのあるメロディーだった。あみ子も一緒にうたおうと口を開きかけたらしかしそれもすぐに鳴りやんで、「高校行くん」と訊いてきた。そんな質問をされたのは初めてだ。

「行かん」

「ふーん。じゃあなにするん」

「春休みにおばあちゃんとこに引っ越すけえね。おばあちゃんと一緒に桃とか作ると思う」引っ越し先は父方の祖母の家。ゆっくり動くことしかできない、やさしい祖母だ。「あんたは高校行くん」

「行くで。おれ野球の推薦で仙台の高校行くんよ。ええじゃろう」

「ええね」

「おまえももうちょい真面目に勉強しとけば高校行けたのにのう」

「行けたかねえ」

「行けたよ」

「そうかねえ」

「そうじゃ」

「無理じゃろう」

「おい」

「なに?」

「無理じゃない。行けた」

あみ子は「あっそ」とつぶやいた。

「しっかしおまえともほんまに長いつきあいじゃったけど、これでやっとバラバラじゃのう」

長いつきあい、という言葉の意味をのみこめなかったので、相手の顔を見上げてよくよく眺めた。相手は坊主頭で、冬なのに日焼けしていた。背が高くて色の黒い坊主はみんな同じ顔に見える。

「あんたはあれじゃね。さてはあみ子をよく知っとるひとじゃね」坊主頭を指差しながらそう言った。

「なんじゃそりゃ。おまえだっておれのこと知っとるじゃろ」

「知らん」

「殺す」と言いながら、坊主頭は笑った。殺すと言われたあみ子も笑った。「おまえは鷲尾しか見えてないもんのう。あいつにどんだけ気持ち悪がられても懲りんかった。小学校のときからずっと。すげえね」あっぱれあっぱれ、と言いながら、坊主頭はあみ子の肩をぽんぽん叩いた。

あみ子は坊主頭に訊いてみた。「気持ち悪かったかね」

坊主頭が一瞬黙った。しかしすぐに笑顔に戻った。「気持ち悪いっていうか、しつこかったんじゃないか」

「どこが気持ち悪かったかね」

「おまえの気持ち悪いとこ？　百億個くらいあるでー」

「うん。どこ」

「百億個？　いちから教えてほしいか？　それとも紙に書いて表作るか？」

「いちから教えてほしい。気持ち悪いんじゃろ。どこが」

「どこがって、そりゃあ」

「うん」

笑っていた坊主頭の顔面が、ふいに固く引き締まった。それであみ子は自分の真剣が、向かい合う相手にちゃんと伝わったことを知った。あらためて、目を見て言った。

「教えてほしい」

坊主頭はあみ子から目をそらさなかった。少しの沈黙のあと、ようやく「そりゃ」と口を開いた。そして固く引き締まったままの顔で、こう続けた。「そりゃ、おれだけのひみつじゃ」

引き締まっているのに目だけ泳いだ。だからあみ子は言葉をさがした。その目に向かってなんでもよかった。やさしくしたいと強く思った。強く思うと悲しくなった。そして言葉は見つからなかった。あみ子はなにも言えなかった。

父は嘘をついたわけではない。あみ子に引っ越しするかと訊ねたが、一緒にとは言わなかった。離婚するとも言っていない。

たくさんのひとたちの顔を忘れた。名前すら、もともと知らないひともいる。

「卒業しても忘れんなよう」と、あのとき坊主頭はあみ子の肩を小突きながらそう言った。彼はあみ子の返事を聞かずに教室から出て行った。忘れない、と約束しなくてよかったと思う。実際すっかり忘れていたから。

祖母の家の庭先で、夏の初めに竹馬に乗ってやってくる友達を待っているとき、前進しているようには見えない、ただ小刻みに揺れているだけの影を見つめているときに、いきなり名前を呼ばれて驚いた。あみちゃんな。

「あみちゃん、あみちゃんな」

すみれの入った袋を落とした。あみ子はまだびっくりしている。でも呼ばれたのだから、はあいとこたえて祖母の声がする家の中へと向かう。途中、気になって振り返り、すぐにまた前を向いて歩きだす。だいじょうぶ。あの子は当分ここへは辿り着きそうもない。

ピクニック

まだ開店前だというのに、地下の入口扉に通じる階段をゆっくりと下りていくひとりの女の姿が目に入った。ローラーシューズを履いた女の子たちがビキニ姿で接客しますという謳い文句を掲げた『ローラーガーデン』にたったひとりで訪れる女性客はまずいない。きっとアルバイトの面接だ。通用口のある路地裏に入る角を曲がりながら、ルミたちはそう思った。

タイムカードを押しに事務所へ顔をのぞかせたとき、支配人と向かい合わせで座るその女を間近に見て確信した。間違いない。新しい皿洗い係のひとだ。

開店より二時間も前の夕方五時に、ルミをはじめとするいつもの主力メンバーがすでに出勤しているのには理由があった。今日は週一回、全員参加と定められたダンスレッスンの日なのだ。レッスンといっても講師を迎えるわけじゃない。普段通りの振りつけをなぞる姿を仲間同士で確認し合い、特に問題がなければそれで終了。物珍しさからこの店に足を踏み入れた客の大半は最初の十分で飽きてしまう。そうなると午後九時からのダンスタイムというのに期待が高まるのだが、ステージ上の女の子たちはいつまで経っても裸にならない。十年前に流行った映画音楽に合わせてぐるぐる回り、だるそうに腕の上げ下ろしを繰り返すだけの面々は、先程ビールの追加注文を取りにきたウエイトレスたちだ。プロのダンサーですらない。客の視線は再びテーブルの上に置かれた料理や飲み物へと移動する。

そんな『ローラーガーデン』が愛されている理由としては、出される料理の味の良さと、飲み物の値段の安さが挙げられる。支配人の商業戦略とは多少のずれがあるものの、繁盛していることには変わりない。春先の今のうちから人員確保しておいて、火がついたように忙しくなる七、八月に備えておく必要があるのだった。

その女は、名前を七瀬と名乗った。

よろしくね七瀬さん。ルミたちがステージの上から挨拶すると、七瀬さんは成熟した大人の女のひとらしく「よろしくお願いいたします」と言ったあと深々と頭を下げた。とても大きな胸だった。でも美しいとは言いがたい。左の脇腹には虫刺されの赤いあとがある。ステージ上から注がれるまっすぐな視線に気がついたのか、七瀬さんの頬が赤く染まった。「おかしいですよね、この格好」

そんなことないよ、似合ってる。あたしたちだって、ほら、ね、みんなおんなじ格好してるじゃん。ルミたちがそう言うと、「ありがとうございます」の言葉と丁寧なお辞儀が返ってきた。七瀬さんは皿洗い係のひとじゃなかったのだ。

あとで聞いたところによると、本人は厨房に配属されることを望んで面接を受けにきたのだという。その場で採用が決まったのはいいけれど、手渡されたユニフォームはなぜかルミたちとお揃いの赤いビキニだった。

「だって女の子の頭数揃えたかったからさ」最近奥さんに逃げられたばかりの支配人はルミたちにそう説明した。

女の子ではないけれどルミたちの母親ほどの年齢には達していない、その中間あたりだろうかと思われた。本人に歳いくつ？ と訊ねたら「秘密です」と返ってきた。結婚してるの？ と訊いたら「まだしてません」、彼氏いるの？「はい、います」、彼氏何歳？「三十三歳」、彼氏なにやってるひと？「タレントです」

七瀬さんは有名なお笑いタレントの名前を口にした。その名前を聞いて休憩室にいたスタッフ全員が振り向いた。おもしろい。もうちょっと詳しく聞かせてよ。その彼といつ、どこで、どうやって知り合って、どういうきっかけでつき合い始めたっていうの？

先輩たちからの要望にこたえて七瀬さんは話し始めた。まず、川の話から始まった。

「名水百選にも選ばれてる川なんです。さすがに今は魚の影がちらっと横切る程度ですけど、彼が子どものころはヤマメやイワナがうようよ泳いでたんですよ。素手で捕まえられるくらい。ヤマメ、イワナ、ご存じですよね？」

魚でしょ、と誰かがこたえた。

「魚です」七瀬さんはうなずいた。「オオサンショウウオをペットにして飼ってたという話はさすがに誰も信じませんけど、そのくらいきれいな川のほとりで彼は生まれ育ったんです」

秋になると川縁一帯を真っ赤に染める彼岸花、都会には生息してない青とオレンジの羽根を持つ野鳥、山の向こうに沈んでいく真っ赤な夕日。雨がたくさん降った日の翌日、小学生だった彼は水嵩の増した川で夕飯のおかずとなるじゃが芋を洗っていたという。

「洗うといっても手でこする必要はないんです。茎をぎゅっと握って、実の部分は川の中に浸けておくだけです。早い水の流れがものの数秒でお芋についた泥を洗い落としていきますから。お芋を洗い終えたら次は自分の運動靴です。一日中野山を駆け回ったせいで彼の足元はどろどろでした。靴下は履いてません。履かない主義です。今度テレビでチェックしてみてください。で、手っ取り早く靴を洗ってしまおうと考えた彼は、川縁に腰かけて直接川の流れの中に両足を突っこんだんです。そうしたら。あっという間に片方の靴が流れに持って行かれてしまいました。彼の母親は育ち盛りの息子に少し大きめの運動靴を履かせてたんですね。彼は大慌てで立ち上がりました。みるみる視界から遠ざかっていく靴に追いつこうと必死です。全速力で濡れた川縁を走ります。でも走ってる途中に転んでしまうんですよ。かわいそうに。木の根っこにつまずいたんです。草の上に両手をついて頭を起こしたときには、大切な運動靴はすでに川の流れに飲みこまれたあとでした」

七瀬さんはふうと息を吐いてテーブルの上に置いてあった紙コップ入りのコーヒーをひと口飲んだ。それは七瀬さんのコーヒーではなかったのだが、誰もなんにも言わなかった。

「片足だけの運動靴を抱えて川はどんどん南下します。しぶきを上げて合流やら分流やらを繰り返します。そのうちみるみる濁って、この歓楽街を流れるころにはほぼ排水です。それでもやがて広々とした河口へ出て、本当ならそこから静かな海へと注ぎます。それが川の運命です。しかし、彼の運動靴が流れ着いた先は暗い海の底でもガラクタが寄せ集められた砂地でもありません。なんと彼の運動靴は、市の西側に位置する町の片隅で、用水路の縁に立つあるひとりの少女によって発見されたのです」

つまり、その少女というのが七瀬さんなのだった。

近くの養魚園から誤って放たれた錦鯉を捕まえようと、虫捕り網の柄を握りしめていた当時十二歳の七瀬さんは、川上からぷかぷか流れてきた茶色い運動靴をなんの気なしにすくい上げた。草の上に転がして、靴の縁を囲うゴムの部分をよく見ると、黒いマジックで『春げんき』と書いてある。それは一家の大黒柱である母親が、となり町の温泉施設まで出向き、従業員用の食事を作る仕事をして得た賃金で購入した、少し大きめの彼の靴だ。

「五歳のときに父親を病気で亡くしているんです。自分の家が裕福とは言えない経済状態にあることを彼も十分承知してました。運動靴だって穴が開くまで履き潰すつもりだったんです。新しいのを買ってくれとも言えないし、二度と足元に戻ることがないんならせめて叱られずに済む方法はないかなあ。考えに考え抜いた末、彼は自分の左足に油性のマジックでなくした運動靴の輪郭を描きつけることにしたんです。甲に当たる部分のカーブ、側面にほどこされた四本のライン、洗っても落ちない泥汚れ、ゴムに覆われたつま先と自分の名前を書いた場所。覚えてる限りの特徴を再現してから、最後にくすぐったいのを我慢しながら足の裏に無数の横線を引っぱれば完成です。次の日の朝、行ってきまーすと言って家を出ようとする息子の襟首を、うしろから母親が捕まえました。靴は？　と訊かれた彼は、履いてるじゃんとこたえて左足を指し示しました。母親が目にしたのは裸足に手描きの運動靴です。ほら、と言いながら上げて見せた土踏まずには、汚い字で『23・0』と書いてあります。少しの間があって、ばかっという声と同時に母親の平手が彼の左のこめかみ目がけて飛んできました。やっぱりだめか、謝ろう、そう思った彼が顔を上げると、こっちを見下ろす母親の顔はなぜか満面の笑みでした。彼は胸の内でガッツポーズを決めました。こめかみの痛みが吹っ飛びました。あのときの、ばかだねえと言いながらも笑いやまない母親の姿こそが、現在の彼を形成するきっかけとなったと言えるのです」

……。

「わかりますか、みなさん。つまり十二歳のわたしは虫捕り網で彼のルーツをすくい上げたということです」

あの夜からちょうど一年。振り返ってみるとルミたちは若かった。単にひとつ年を重ねただけではなくて、この一年間でいろんなことがわかってきた。たとえば七瀬さんのひととなり。「みなさんでどうぞ」と言って冷めたギョウザやかぼちゃの煮物などを大きなタッパに詰めて職場まで持ってくる。勤労感謝の日には「いつもありがとうございます」と言いながら店で働くスタッフ全員に手作りのハート型チョコレートを配って回った。少し変わっているだけで悪いひとじゃない。どちらかと言えばいいひとだ。

ただ、入店から一年が経つというのに未だにローラーシューズを履きこなせないのは問題だ。ルミたちの熱心な指導も功を奏することなく、もう何カ月も前から七瀬さんのシューズはロッカールームの片隅でほこりをかぶったままになっている。それなのに湿布薬や消毒液、冷却スプレーに絆創膏は、いちご柄の専用ポーチに入れていつでも肌身離さず携帯している。理由を訊くと「先輩たちが転倒してけがをしてしまったときのために」だという。よく気のつく後輩なのだ。

ちなみに彼の運動靴をすくい上げた十二歳の七瀬さんがその後どういう行動に出たかというと、しばらく眺めて「いらない」と判断し、また用水路に投げ入れた。当時の七瀬さんは彼の存在自体知らなかったのだから当然といえば当然だ。まさか将来自分の恋人となる人物の、それがルーツなのだとわかるはずもない。

「そのときはなんとも思いませんでしたけど」と本人も言っている。「でもあとから気がついたんです」

あとというのは十年あとだ。七瀬さん二十三の年、自宅アパートの一室で落語家がメインパーソナリティーを務める深夜ラジオを聴いているときのこと。タレント養成スクールを卒業してまだ半年目だという新人が登場し、自己紹介を始めた。

その男は「春げんきです！」と名乗った。春げんき？　春げんき……。変わった姓名は本名だという。育った町の名を聞いて同郷だと知った。生年月日、尊敬する人物、どんな子ども時代を過ごしたか。この道を志すきっかけとなったエピソード。聴いているうちに七瀬さんの脳裏をかすめるなにかがあった。だけどそんなはずはない。彼

が子どものころよく遊んだという川の名は一度も耳にしたことがない。それにしても
じつにいい声だなあ。透き通っているのに手応えのある低音。翌日、七瀬さんは自転
車に跨って区役所に隣接している図書館へと向かった。地図を広げてまずは自分の住
む町を流れる川を見つけて指の先をとんと置いた。その川は町の至るところに造られ
た用水路の水源にもなっている。そこから北に向かってさかのぼる。一番太い線を信
じてうねりに合わせて指で辿っていると、つながった。
彼が靴をなくしたという川の名は、南下するに従って二度名称を変えていた。
翌週も、七瀬さんは布団の中で深夜ラジオを聴いた。七瀬さんにとってラジオを聴
くことは中学校時代からの習慣だった。特に意識していたわけじゃない。だから二週
続けて春げんきが登場するとは思ってもみなかった。
彼は番組に送られてきたメールやハガキを読み上げて、メインパーソナリティーで
ある落語家の話に相槌を打ち、拍手をし、声をたててげらげら笑った。次の日、七瀬
さんは番組宛てにハガキを書いた。
『アシスタントの春げんきくん。私、小学生の時あなたがなくしたという靴を近所の
川で拾いました！　でも捨てました……。ごめんなさい。P.S.声がすてきです』

そのハガキは翌週の番組内で彼自身によって読み上げられた。読み終えたあと、彼は嬉しそうな笑い声をたててこう言った。「七瀬さんどうもありがとう。なんかおれ、きみとは縁がある気がするな」落語家も口を挟んだ。ロマンチックな話やなあ、靴拾うってシンデレラみたいやなあ。「はい！　決めました。おれこの子と結婚します！」

そのときのことを七瀬さんはこう振り返る。「お互いまだ顔も知らないのにいきなりこの子と結婚します、ですよ。わたしもうびっくりしてしまいまして思わずラジオの電源一回切りました。すぐつけましたけど。あはは」

そして次の週も七瀬さんはハガキを送った。

『私も運命だと思います。あなたとはつながってる気がします』

彼はハガキを読み上げた。

「七瀬さん二週連続ありがとう。おれがんばるよ。きみを養うためにきっと有名になってみせるから」

三度目、七瀬さんが送ったハガキは読み上げられなかった。四度目も。

五度目のハガキを送った直後、彼から電話がかかってきた。いつも応援ありがとう。おれとつき合ってください。

「おれと一度会ってください、だったかな？」

胸の前で腕を組み、ななめに頭を傾けた七瀬さんが真剣な表情で見つめているのは休憩室の天井だった。煙草のヤニで焦げ茶に染まった天井の隅。

「おれと結婚してください、だったかもしれません。とにかくその電話をきっかけにつき合うことになったんです」

その時点で彼は自分がプロポーズした女の顔を知らなかった。もちろん七瀬さんのほうも彼の顔を知らない。タレント名鑑に載るほど有名な彼ではなかった。当時の彼の仕事といえばラジオ番組のアシスタント一本で、雑誌にもテレビにも一切顔を出していなかった。七瀬さんは自分の足で彼に直接会いに行った。

「真冬のことです」

その日は粉雪が舞っていた。東京のラジオ局の前で、寒さに凍えながら直立不動の姿勢で待っていると、紫のダウンジャケットを羽織った彼がきた。一度も会ったことがないはずなのにお互いすぐに気がついた。

七瀬さんとつき合うようになってから、彼の運気はたちどころに上昇し始めた。まず、彼がアシスタントを務めていたラジオ番組のメインパーソナリティーでもある落語家が少女買春で捕まった。急遽代役をたのまれて番組を仕切った彼の軽くて明るいのりと、即興で披露したものまねがうけた。翌月、もとあった番組は終了し、同じ曜日の同じ時間帯で彼だけの番組がスタートした。同時期にテレビ出演の依頼もちらほらと舞いこみ始める。深夜のバラエティ番組から始まって、ドラマの脇役、グルメリポート。夕方の情報番組ではうしろに中年の主婦たちを引き連れて、マイクを片手に商店街を練り歩く彼の姿が週に一度は映し出されるようになった。ホタルの名所としてその名を知られていた彼の地元は、今では彼が高校を卒業するまで育った町としても知られている。故郷をあとにしてから十六年、七瀬さんと結婚を前提とした交際を始めてから十四年、傍から見れば順風満帆、そうかもしれない。たしかに下積み時代と呼べるような時期は自分でも意識しないままに通り過ぎた。だけどそれは都合よく流れに乗ったという意味ではなくて、目の前に置かれた課題に夢中で取り組んでいると、いつの間にか今いる場所に連れてこられていた、という感じ。もちろん将来の自分の姿を思い描いて夢を膨らませたりすることはあるけれど、明確な目標というのはなにひとつ持っていない。過去や未来は関係ない。テレビもラジオも営業も常に全力、その瞬間に持てるちから全部出すのが信条なんだと彼が言っていたと七瀬さんが言っていた。彼にまつわるエピソードのすべては七瀬さんの口から聞いた。

そんな彼に、この春、新しい仕事が舞いこんだ。その長寿番組のことなら昼間は眠って夕方起きるルミたちだって知っている。なんと彼は水曜日にレギュラー出演するという。


四月に入って一番最初の水曜日、ルミをはじめとするいつものメンバーは七瀬さんに招待されて彼女の自宅アパート二〇一号室に集まった。

普段なら熟睡している時間帯だ。すっぴんにぼさぼさの髪の毛、上下ナイロン素材のジャージ姿で現れたルミたちを、七瀬さんはいつもと変わらぬ穏やかな笑顔で出迎えた。

「おはようございます」

「おはよー」薄っぺらいベニヤ板のような玄関扉を開けて中に入った。

「朝ごはん食べるひと」

背後からの七瀬さんの声に全員が振り向かずに片手を挙げた。玄関から三歩進めば薄暗い台所を抜けてテレビの置かれた居間に着く。この家にきたらいつもそうするように、ルミたちは早速畳の上にあぐらをかいて足の裏を見た。思った通り、いろんなものが貼りついていた。輪ゴムやクリップ、クッキーの屑、なにかの切れはしを指ではじいて畳に飛ばす。足の裏がきれいになっていくにつれ、半分眠っていた頭もはっきりしてくる。これまでにも何度かこのアパートを訪れたことがあったけれど、いずれも深夜か早朝で、窓にかけられた紺色のカーテンは閉じていた。今日は開いている。開いていると部屋の様子がよくわかる。蛍光灯から垂れ下がる長いビニル紐だけが唯一光沢のある存在だ。七瀬さんの住まいは汚い。

「お待たせしました」

ステンレス製のボウル二個を左右の腕に抱えた七瀬さんが、ルミたちの待つ居間に通じるガラス戸を片足でそっと開けて登場した。親とけんかして家を飛び出してきた真夜中であろうと、酔い潰れて胃の中のものすべて吐き出した早朝であろうと、今日みたいな青空の広がる日中であろうと、この家で出される食事にはなんの変化もないことがわかって安心した。ボウルの中身は両方ともゆでたまご。わざわざ凝った手料理を作ってくれなくてもいいとルミたちからも言ってあるのだ。テーブルの上に一旦ボウルを置いてから、七瀬さんはまた台所に戻る。少し待つとペットボトル入りの水がくる。人数分のコップがくる。袋詰めのロールパンと食塩としょうゆとマヨネーズがくる。いつも通りの順番だ。

ルミたちはまだ熱いゆでたまごの殻をむいて塩を振り、パンを頬張り、ペットボトルのキャップを開けると直接口をつけてごくごく飲んだ。思い思いのやり方で七瀬さんが用意した朝ごはんを食べているそのあいだ、七瀬さんはなにをしているのかといえば、テレビの前に正座して録画予約に間違いがないか入念にチェックしている。

「四月、六日、水曜日」言いながら画面に向かって指を差す。「みなさん、これ水曜日ですね。木、じゃありませんよね」

「よく見えないよー」

「これです、見えますか」

「見えるよ。四月六日水曜日」

「木じゃありませんね」

「うん、木じゃない」

「午後0時00分から午後0時ごじゅうはち分」

「テレビの時計合ってるの？」

「はい、合ってます」

時刻は午前十一時四十八分。彼の登場まであと十二分。七瀬さんは一旦リモコンを畳の上に置き、両手のひらで穿いているピンク色のスカートをぎゅっと握りしめた。塩のついた指先をなめたりたまごの殻を畳の上に払い落としたりしているうちに時間となった。一体どこから聞こえてくるのか、半分開けられた窓の外でうっすら鳴り響く正午を知らせるチャイムのほうが先だった。その直後に軽快な音楽が流れ出し、テレビ画面いっぱいにオレンジ色のタイトルが映し出された。

ルミたちがその番組をじっくり観るのは久々だった。司会者の登場の仕方からテーマ音楽まで、以前となにひとつ変わっていない気がした。司会者の顔と名前がアップで映し出されたあとに、出演者ひとりひとりの顔が名前のテロップとともに順に映し出されていく。最後のひとりの番になったとき、司会者が握ったマイクに向かってこう言った。「初登場。今日から我々の新しいお仲間です」

春げんき。彼が笑って手を振った。

番組が始まってから一度もやまない歓声はより一層の激しさを増し、表情を歪めた司会者が観覧席に向かってうるさーいと言っている。彼は笑顔を絶やさない。カメラに向かってぴょこんと可愛らしく頭を下げた。片手を口角の上がった口元に持っていき、ぱっと離した。投げキスだ。ウインクも。

「わー」

テレビの中の歓声は悲鳴に近い。はるくん、はるくん、観覧席からは彼の名を呼ぶ声が途切れない。彼は笑顔で手を振り続ける。

「ねえ、今、見た?」

「見た見た見た」

彼のいるスタジオからバスで二時間かかるほど遠く離れたこの町の一角も、彼のおかげで騒がしい。騒がしくしているのはルミたちだ。

「やったー。すごいね、やったね、七瀬さん」

七瀬さんの肩をぽんぽん叩き、正面に回ってその顔をのぞきこんだ。

「七瀬さんの言う通りだったね、ほんとにやったねよかったね」

「照れます」と、頬を染めた七瀬さんが言った。

カメラが順番に出演者の顔を映すから。一番最後におれだから。そしたらおまえに向かってキスしてそのあと更にウインクもつけるから。それは彼から恋人である七瀬さんへと送られた愛してるのサインなのだ。

初日だからかもしれないけれど、彼の出番は約一時間の番組内でトータル十分程度のものだった。大昔の三面記事を紹介するコーナーで当たり障りのないコメントをしただけだ。テレビ画面からエンディングのテーマ曲が流れ出したとき、誰かがぽつりと「彼、緊張してるんじゃないの」と言った。

「そうですね」七瀬さんが振り向いてこたえた。「そのとおりです。わたしも、これはいつものげんきくんじゃないなと思っていたところです」七瀬さんは彼のことを一般のファンと同じ呼び方では呼ばない。「げんきくんの緊張が、まわりの出演者やお客さんにも伝わってしまっていますね」

一見そうは見えないのだが、じつはすごく繊細な彼なのだ。お笑いタレントなのに迂闊なことを言って相手を傷つけてしまってはいけないと考えている。極秘の大学ノートなるものを持っていて、そのノートにはア行から順に芸能人の名前が書き連ねてあるらしい。名前の横には好きな食べもの好きな音楽好きな映画、恋愛遍歴、家族構成、出身地、タブーとされる話題など、彼自身の手で個人情報が細かく記入されている。ノートは決して持ち歩かないし、自宅のタンスの引き出しの奥に収納してあって盗まれないようちゃんと鍵もかけてある。誰にも見せたことはない、とは、もちろん七瀬さんから聞いた。生身の彼のことを、ルミたちはなんにも知らない。

ルミたちの知っている彼とは、店の休憩室でつけっ放しになっている小型テレビの中の彼である。もう三十を過ぎているのに髪を明るい茶色に染めて十代の子が着るような服に身を包んでいる。顔はリスに似ている。店で働く女の子たちの大半は、そんな彼が画面の中に登場するだけで笑顔になる。十二インチのテレビ画面からはさっぱり伝わってこなかったのだが、気遣い屋で勉強家の一面があったのだ。昼の生放送にレギュラー出演が決まったとき、彼の繊細な心をかすめた不安とは、その番組を取り仕切る大物司会者に果たして自分は気に入ってもらえるのだろうかという、じつに消極的なものだった。少なくとも初日の彼は司会者を笑顔にさせることはできなかった。きっと今夜は家に帰って秘密のノートを読み返し、来週までに傾向と対策を練り直すことになるのだろう。「わたしも一緒に考えてみます」と七瀬さんも言っている。

その夜、ローラーシューズを履かない七瀬さんは相変わらず裸足のままでフロアを駆けた。シューズを履くくらいなら皿洗いに転向したいと言った七瀬さんに、べつに裸足でも構わないと言ったのは支配人だ。裸足の七瀬さんは生き生きしている。ブラックライトに照らされて白く光るヤシの木をよけながら、ジョッキを十二個運んで会社帰りのサラリーマンたちから喝采を浴びた。右手にフライドポテトを盛った皿、左手に大根サラダの入ったボウル、頭の上にはきゅうりの浅漬けを並べた平皿をのせて客の待つテーブルまで運んだこともある。とはいえ、売りはローラーシューズなのだから、たとえ五十個のジョッキを運んだところで七瀬さんの時給はルミたちより二百円安い。でも皿洗いの時給よりは高い。本人は時給も仕事内容も今のままでいいと言っている。ローラーシューズは滑って転んでけがをするからやめておけと彼からも言われているという。

ルミたちの時給が高いということは、それだけ危険ととなり合わせだということだ。ヤシの木にぶつかって転ぶ。女の子同士が衝突して転ぶ。ダンスの練習中に転ぶ。本番中にも転ぶ。この日、救急セットを常備する七瀬さんの元にやってきた負傷者は、珍しく一名だけにとどまった。

バカな客が故意に投げ出した足につまずいて転倒したのだ。手にはメニューを持っているだけだったので大惨事には至らなかったが、気の毒な彼女は膝小僧を擦りむいた。

閉店後のロッカールームで、七瀬さんはいちご柄のポーチの中からチューブ入りの軟膏を選んで取り出した。自分よりひと回り以上も年下の先輩の正面に屈みこみ、血の滲む膝小僧に軟膏を塗りつけながら、「痛いですか、しみますか」と訊いている。一番大きいサイズの絆創膏を傷の上に貼りつけたあと、さっきポーチに仕舞った軟膏を再び取り出し、今度はそれを自分の左の脇腹に塗りこみ始めた。

人差し指が熱心になぞるのは、七瀬さんがここに入店してきた当初からずっと消えない虫刺されのあとだ。白い軟膏を、ぐるぐる円を描くように塗っている。目を凝らしてよく見ると、輪郭のにじんだ赤い丸は確実に一年前より大きくなっている。

誰かがかゆみによく効く塗り薬の名前を口にした。それを聞いた七瀬さんは顔を上げて微笑んだ。「ありがとうございます。でもかゆいわけじゃないんです」

一週間が経ち、また水曜の昼がきた。先週同様、ルミたちが囲むテーブルの上に朝ごはんを並べ終えた七瀬さんは、テレビの前で背筋をぴんと伸ばして正座した。その広くたくましい背中は画面の中の彼と同じくらいに緊張している。ロールパンにもゆでたまごにも手をつけない。番組の途中で映像がコマーシャルに切り替わっても、七瀬さんはテレビの前で正座したまま、ものも言わずに固まっている。スポンサー名が順番に画面に映し出されているときに誰かが大きなあくびをひとつした。

「なんであれをやらないの」

誰に言うともなく、七瀬さんが画面を見つめたままつぶやいた。あれってキスとウインク？　訊ねると、「違います。カバのものまねです」と返ってきた。「先週、げんきくんと動物園に行ったらカバの鳴き声を聞くことができたんです。彼はその場でカバのものまねを習得しました。ぶー、ぶーって。それがすごくおもしろかったからテレビでもやってみたらってアドバイスしたんです。絶対うけるから。特にあの司会者はそういうの絶対好きだと思うからって。でもやらなかった」

「うん」

「実際おとといのラジオではやったんです。アシスタントの子もスタッフのひとたちも大爆笑だったんです。知ってますか。みなさん聴いてました？　そのラジオ。声だけでもすごくおもしろいんですけど、ぶーって言ってるときの彼の顔を見て欲しいんです。それはもう変な顔なんです。げんきくん、原型とどめてないよってあはは、は、すみません」

「そんなにおもしろいの?」

七瀬さんはくすくす笑いながらうなずいた。「うん、おもしろい」

「見てみたいなー」

「わたしもみなさんに見せてあげたいです」

「来週はやってくれるといいね」

「はい」

七瀬さんは遠くで暮らす恋人に会うため、定期的にバスに乗って東京へ行く。大抵は日帰りで、夜には店に顔を出すこともある。カバの鳴き声を聞いたという動物園には、先週の土曜日にテレビ収録の合間を縫って訪れたと言っていた。

もちろん一泊して帰ってくることもある。たしか先月のデートがそうだった。ふたりは海の見える公園に行った。観覧車に乗った。ドーナツを食べた。もっと太ってもいいと彼が言った。映画を観た。買い物をした。中華のコースを食べた。夜は最近できたばかりの一泊五万もするホテルに泊まった。月曜日の朝に東京行きのバスに乗った七瀬さんは、火曜日の昼に帰ってきた。夕方には自宅から歩いて三十分の職場へ出向き、デートの疲れを微塵も見せずにルミたちにその話をした。

「お休みもらっておきながら、いつも手ぶらで帰ってきてすみません」と七瀬さんは言うけれど、ルミたちはそんなの全然気にしない。往復のバス代だってばかにならないだろうから東京土産を買う余裕などないはずだ。

写真もない。何度もデートを重ねているふたりだけれど、記念写真は絶対撮らない。写真は嫌い、実際よりも見た目が悪く写るから、と言っていつもかたくなに断るのは彼ではなくて七瀬さんのほうだ。幸運なことに、ふたりはまだ一度も写真週刊誌に報じられたことがない。

彼は恋人との約束を忘れてしまったのか、次の週もその次の週もカバのものまねをカメラの前で披露することはなかった。七瀬さんはその都度テレビの前で肩をがっくり落としていたのだが、放送の回数を重ねるごとに彼の緊張は確実にほぐれつつあるようだ。初登場の日から二カ月が経つころには深夜のバラエティ番組でよく見るような、リラックスした表情を浮かべた彼が昼間のテレビ画面にも映し出されるようになっていた。

ふたりの動物園デートが四月の初め、ひとりで暮らす母親に元気な姿を見せたいと、親思いの彼が日帰りで帰郷したのは、全国各地で梅雨入りしたと相次いで発表された六月半ばのことだった。過密スケジュールの合間を縫って無理矢理こしらえた数時間だ。同郷とはいえ、定期的に会いにくる恋人の住む町まで足を延ばす暇はなかった。

彼が母親に会うのは三年ぶりだ。玄関先で手を振って出迎えてくれた母親を見て彼も同じように笑い、手を振り返したけれど、こんなに小さなひとだったのか、すっかりおばあちゃんじゃないか、と内心では息がつまるほどのショックを受けていた。もちろんそれを母親本人に向かって言ったりはしない。でも水曜日の正午過ぎ、テレビの生放送中に言った。

『最近一番ショックだった出来事』を出演者が順に発表していく中で、最後に順番が回ってきた彼は、先週久々に会ったという自分の母親の老いについて話した。話し終えると一本指を立ててこう言った。「あ、それとまだあります」

帰郷した際、実家近くを流れる川のほとりを散歩した。子どものころにはたくさん泳いでいた魚の姿が今はどこにも見当たらなかった。寂しさを覚えながら川面を眺めていたらジャケットのポケットに入れていた携帯電話が鳴った。通話ボタンを押して耳元に持って行きかけたその瞬間に、手から滑った。濡れた草の上で一回転したあと、携帯電話は目の前を流れる川の中に落下した。みるみるうちに自分から遠ざかる携帯を茫然とした気持ちで眺めながら、以前にもこれと似たような経験をしたことを思い出した。川に大事なものを落とすのは、これで二度目だ。

彼がテレビでその話をした日の翌日、七瀬さんは国道沿いのホームセンターで鋤を購入した。


畑の多い町だから、ルミたちも農耕具をまったく知らないわけじゃない。見せられた鋤が変わった形をしていることにも気がついた。底面にいくつもの穴が開いている。訊くと、どぶ掃除専用の鋤だという。

「軽い。持ってみますか?」

手渡された鋤は驚くほど軽かった。ほんとだ、軽い、と言いながら、ルミたちがバトンのようにしてとなりへ預けた鋤は、一周すると再び七瀬さんの手に戻った。彼が携帯電話を川に落とした日からすでに一週間が経とうとしていた。やけに長い持ち手部分を右肩に担ぎ、胸を張って歩き始めた七瀬さんのうしろにルミたちも続いた。

梅雨の合間の晴れた日だった。「久々に乾いたアスファルトを踏んだ気がします」という七瀬さんの言葉に全員がうなずいた。車の通る気配のない十字路を二列になってまっすぐ進むと、右手に養魚園の色褪せた看板が見えてきた。七瀬さんの住むアパートからおよそ十分も歩いたところに、その昔彼の運動靴をすくい上げたという用水路はあった。

水路の幅は二メートル近くある。ここ最近は流れが速くて水量の増す日が続いていたらしいのだが今日はずいぶん穏やかだ。両脇には雑草がびっしり茂っている。濡れていないか片手で触って確認したあと、ルミたちは横並びに腰を下ろした。

七瀬さんは板のような橋をきしませながら向こう側へ渡り、水の流れを挟んでルミたちの目の前に立った。肩から鋤を下ろすといきなりその先をじゃぼんと水面に突っこみ、さっとひとかきして底に溜まっている黒い泥をすくい上げた。とんとん、と雑草の上で泥のかたまりを落とし、それを健康サンダルを履いた足で上から踏みしめるようにして延ばしている。

長年沈殿していたへどろのかたまりの中には、大事なものはなんにも隠されていなかった。

でもまだひとすくい目だ。粘り気のある黒いへどろが飛び散って、健康サンダルの先からのぞく裸足のつま先が汚れたけれど、七瀬さんは気にもとめていない様子だ。

もう一度、鋤の持ち手を握り直して流れの中に差し入れると、今度はゆっくり吟味するように水底をかき回したあと、両腕に力をこめてさっきよりも大量のへどろを持ち上げた。勢いよく草の上に落とすと、へどろは汚い音をたてて四方八方へ飛び散った。つま先だけではなくて白いTシャツのお腹のあたりや、いつも穿いている薄いピンクのスカートの裾にも汚れが飛んだ。それを拭おうともせず、今度は鋤の底面を使ってかたまりを崩し、草の上で平らに延ばした。二度目のへどろも彼の携帯電話を含んではいなかった。

しばらく同じ動作を繰り返したあと、鋤を動かす手をとめた。空を見上げ、空いたほうの手で腰のあたりをとんとん叩いた。

「疲れました」

そう言うと、鋤を草の上に倒し、反対側の水辺に並んで腰を下ろしているルミたちと向かい合うかたちでその場にしゃがんだ。「お腹すきましたね」

「すいたねー」

「そろそろ帰りましょうか」

「帰る？　もう諦めちゃってもいいの？」

「だってわたし、一日で見つかるとは思っていません」

「そうだね」

「長期戦になるだろうって最初から覚悟してました」

「うん」

「全力でがんばって探して、それでも見つからなかったらげんきくんに謝るしかないけど、奇跡が起こる可能性だってありますから」

「うん」

「あれがないと困るからって、どうしてもわたしに見つけ出してほしいんだってげんきくんが」

「うん。わかる」

その日、彼の落とした携帯電話は見つからなかった。出勤時刻が迫ってきたころ、どうせ明日もくるのだからと言って、鋤は用水路の脇に放置したまま七瀬さんは腰を上げた。

翌日も晴れた。ルミたちが昨日と同じ場所に行くと七瀬さんはすでに作業を開始していた。首にタオルを巻いている。顔が汗で光っている。スカートは昨日と同じで裾が黒く汚れている。足元が違った。黒く光るゴム長靴は新品に見える。両手で鋤の持ち手を握りしめると二の腕の脂肪が揺れた。腕を伸ばし、穴の開いた鋤の底を水面に下ろそうとしたところで左方向から歩いてきたルミたちに気がついた。

「あ、おはようございます」

「おはよー。収穫あった？」

「さっき、大きなかたまりすくいましたけど、なんにも。これ見てください。石とか空き缶とかばっかりです。汚いんですよ、この川」

「わーほんとだ」

七瀬さんはゴム長靴に覆われたつま先で、潰れた空き缶を軽く突ついた。その表情はどことなく曇っている。

「今朝ふと思ったんですけど、げんきくんの携帯、もしかしたらすでに海の底に沈んでるかもしれません」

うーん。草の上に転がる空き缶を見下ろしながらルミたちも七瀬さんと同じ表情で相槌を打った。

「でもここよりもっと上のほうで巨大な岩の割れ目に引っかかってるという可能性も

あります」

「うん」

「それが今日、ここに流れてくるかもしれません」

「うん、そうだね」

「諦めたくないんです」

「誰も諦めろなんて言わないよ」

「ふたりの思い出がいっぱい詰まった携帯なんでしょ？」

「七瀬さんは彼にたのまれたんでしょ？」

「あたしたちみんな応援してるんだよ」

するとと七瀬さんが笑顔になった。

「はい、ありがとうございます。おっと汚れますよ気をつけて。みなさんはどうぞあちらへ」七瀬さんに促されて、ルミたちは昨日も座った場所に腰を下ろした。

しばらく作業を眺めていると、ベビーカーに乗った赤ちゃんとそのお母さんが通りがかった。赤ちゃんはルミたちに向かって小さくて肉づきのいい手を伸ばした。するとそのまますうしろを通り過ぎて行くかに思えたベビーカーがとまった。

「こんにちは」

そう言って笑顔でにっこり微笑む髪の短いお母さんは、赤ちゃんと同じ形の帽子をかぶっていた。白くてやわらかそうな素材だ。頭部を囲むつばの縁には赤いりぼんがちょこんとついている。

「こんにちは」

ルミたちも声を揃えて同じ挨拶を返した。

「お掃除ですか？」

「はいそうです」

赤ちゃんがアウー、と言った。

「赤ちゃーん」

「かわいいでちゅねえ」

「ひよこみたい」

赤ちゃんが笑うとお母さんも笑った。「がんばって下さいね」お母さんはそう言って、チラリとルミたちの頭上を飛び越えたあたりに視線を向けると、再びベビーカーを押して歩き始めた。子守唄らしき歌を口ずさみながら、川上に向かってゆっくりゆっくり進んでいく。風が吹いてワンピースが膨らんだ。水色のワンピースの裾の下からお母さんの太腿の裏側が見えた。

「あった！」

突然の叫び声に驚いて、ルミたちは一斉に正面に向き直った。

「違いました。電卓でした」

再び首をひねってお母さんのほうを見る。

お母さんと赤ちゃんはしばらく進むと歩道に面した一軒家の前で足をとめた。最近完成したばかりの新築だ。家全体はこぢんまりしたものだが、それを上から覆う大きな屋根が目立つ。屋根は青い洋瓦で葺いてある。そのてっぺんに立つ鳥の形をした黒い影は風が吹くとくるくる回る。玄関先に植えられているのは屋根と同じ色をしたあじさいだ。半円筒形の白いポストにはスタンドがついている。あの家の前を通るたびにこんなポストどこで売っているのだろうとみんな不思議に思っている。国道沿いのホームセンターには売っていない。

誰かが家から持ってきたというピーナッツの小袋をポケットの中から取り出した。それをみんなでつまんでいると、向かい側の水辺でへどろと格闘している七瀬さんも気がついた。

「いいですねピーナッツ、わたしもお腹がすいてきました」

そう言った七瀬さんの両手は泥で黒く汚れていた。代表でひとりが立ち上がり、約二メートル離れた場所に立つ七瀬さんのぽっかり開いた口に向かってピーナッツを一粒、下から上にすくい上げるように高く放った。ピーナッツは空中で弧を描き、七瀬さんの頬に当たって水の流れの中に落ちた。二人目が放ったピーナッツはおでこに、三人目のピーナッツは鼻に当たった。四人目で、ようやく吸いこまれるようにして大きな口の中へおさまった。

ぽりぽりとピーナッツを嚙み砕きながら、七瀬さんは「うん、おいしい」と言った。

彼の携帯電話が発見されないまま数日が経過したある日の夕方、開店前の薄暗いステージでダンスレッスンを終えたルミたちは、ジュースを片手に談笑しながら休憩室の扉を開けた。

パイプ椅子に腰かけた支配人が煙草の煙をくゆらせながらシフト表を睨みつけている。向かいに腰かけているのは七瀬さんだ。Tシャツとピンクのスカート。もう開店時間が近いというのにまだ着替えを済ませていない。

「無理だよ、先週二人辞めたばっかなんだから」支配人がアルミ製の灰皿に煙草の灰を落としながら言った。

「そこをなんとかお願いします」

胸の谷間を寄せるようにして両肩をすぼめた七瀬さんが、支配人に向かって深々と頭を下げている。

「無理。おまえがいてくれなきゃ困る」

一瞬、ルミたちは七瀬さんが店を辞めてしまうのではないかと思った。でもそうではなかった。すぐに勘違いだと気がついた。

「お休みください」と七瀬さんは言った。

「無理だね」

「一日だけでいいんです」

「だから、今週はぎりぎりの人数で回してんの、このシフト表見りゃわかるだろ。無理なもんは無理」

支配人が席を立った。火のついた煙草を乱暴にもみ消して、ルミたちの脇を通り抜けて休憩室から出て行った。シフト表はテーブルの上に置かれたままになっている。今週、たしか七瀬さんの休みは木曜と土曜のはずだ。週に二度の休みならちゃんと確保されているではないか。誰かがそのことを指摘すると七瀬さんは申し訳なさそうにうつむいた。

「そうなんですけど。でも木曜と土曜以外の日を休みにしてもらいたかったんです」

「どうして？」

「木曜と土曜は休診日なんです」

「休診日？」

「病院が休みだということです」

「わかるけど、病院行くの？」

「はい。皮膚科に」

「大丈夫？　どっか悪いの？」

「これです」

七瀬さんがTシャツの裾をめくって先輩たちに見せたのは、入店当初から消えない虫刺されのあとだった。

その日、仕事を終えたルミたちはひとりの新人を通用口脇のごみ置き場に呼び出した。

店の裏の狭い路地に一本だけ立つ街灯は、ずいぶん前から電球が切れたままになっている。となりのビルの窓からもれる明かりが、ポリバケツのふたに書かれた『生ゴミ』の文字をぼんやり照らし出していた。

新人はルミたちよりも数分遅れでやってきた。通用口と裏の路地を隔てる重い扉を開けて顔を出した新人は、自分がなぜ呼び出されたのか気がついていないようだった。

「遅くなってすみません」のひと言もなく、眉間にしわを寄せたままルミたちの顔をじろじろ見回し、「なんなんですか?」と言い放った。

目上の人間に対するマナーから教える必要がありそうだったが、この新人、本当は十六なのを十八だと偽って入店している。まだほんの子どもなのだ。

「ごめんね、いきなり呼び出して」

ルミたちには相手を恐がらせるつもりも屈服させるつもりもなかった。ただ軽く注意しておきたかっただけなのだ。勿体ぶっても仕方がないから代表でひとりが一歩前に出て言った。「あのね、七瀬さんの虫刺されのことなんだけどさ」

「は？　なんですか？」

「だからね、七瀬さんの脇腹のところにね、ほらこのへんに、あるじゃないの、虫刺されのあとが」

「虫刺され？　ありましたっけ、そんなもん」

「しらばっくれるの？」

「なんですか。ほんとに知りませんよ」

ルミたちは顔を見合わせた。「……あんたじゃないの？」

「だからなにがですか」

「違うんならいいんだ。行っていいよ」

「待ってくださいよ。一体なんなんですか」

「いいって言ってるじゃん。早く行きなよ。じゃあね。おやすみ」

新人が立ち去ったあと、ルミたちは路地裏の脇に並べられたコンクリートブロックの上やポリバケツのふたの上に、それぞれ無言で腰を下ろした。全員がポケットの中から煙草の箱を取り出すと、百円ライターが続けざまにカチッと短い音をたてた。いくつものため息と一緒に吐き出された煙が夜の湿気と混ざり合い、狭い路地に漂った。

七瀬さんの脇腹にできた赤い丸は虫刺されのあとではなくてあれは乳首ではないかということは、以前から何度も言われてきてはいた。でも、それを本人に面と向かって言う者はいなかった。個人の体に関することだし、これは虫刺されのあとで、軟膏を塗り続けていればいつかきっと消えてなくなると七瀬さん自身が信じこんでいるからだ。それなのに『あなたのそれは副乳と呼ばれるもので、病院に行って手術しない限り絶対治らないぞ絶対に』と七瀬さんのロッカーに手書きのメモを貼りつけた者がいる！　メモはどこにでもあるような正方形の白いもので、使用されたペンも黒のボールペンだということ以外にはなんの手掛かりも見つけられなかった。店で働く女の子たちの中の誰かだということはわかっているのだが、人数が多いだけに字面だけでは判別しがたい。

新人だと思ったのだ。あの新人は以前にも先輩である七瀬さんに対して失礼な態度をとった。遠くから指を差して「あのひと一体いくつなんですか」と言って鼻で笑った。七瀬さんがスタッフ全員に行き渡るようにと用意してきた大量の手作りおにぎりを「今いいです、全然お腹すいてないし」と言って断った。なによりひどいのは「川の話はもういいですから」と言ったことだ。自分から舂げんきとの馴れ染めを訊いておいて「なんですかそれつまんない」と言った。そのとき口をつぐんでしまった七瀬さんに代わってルミたちが川の話を引き継いだ。うろ覚えだったこともあって、横で聞いていた本人に何度も合ってる？　と確認した。大体合っていたようで、七瀬さんは訊ねられる度に「はい」と言ってうなずいた。更に次の日、誰かが自宅にあったという県地図と航空写真を持ってきて、彼の実家近くを流れる川と七瀬さんの家の近くの用水路がちゃんとつながっていることを新人に証明してみせた。新人は「はあ」と気のない相槌を打ち、「で？」と言ってのけた。

犯人があの新人ではないとすると誰だろう。怪しいと思われる人物名をいくつか挙げてはみたものの、犯人を見つけ出したところですでに手遅れだという意見も出た。いきなり目の前に事実を突きつけられたものだから、七瀬さんの受けたショックはさすがに大きかったようだ。落ちこんでいる七瀬さんの肩を叩いて切除する必要なんかない、手術はお金がかかるし、それに言うほど目立たない、どこからどう見ても虫刺されのあとにしか見えないよ、と言って今もなぐさめてきたところだ。七瀬さんはルミたちの提案で左の脇腹に絆創膏を貼りつけることにしたのだが、店が混む時間帯に差しかかるころには体にかいた大量の汗のせいで絆創膏の端はめくれて脇腹でひらひらと揺れていた。

次の日、あの生意気な新人と七瀬さんが仕事を終えたあとのロッカールームで言葉を交わしているところを見たときは少なからず意外に思った。

年齢が離れすぎているせいなのか、それとも七瀬さんが鈍感なのか、横で着替えている新人に向かって微笑みさえ浮かべながら「十六歳？ お若いんですね」と言った。

「高校生ですか？」

「違います」とこたえた新人の声には愛想のかけらもない。そこで会話終了かと思ったら「ところで、七瀬さんはおいくつでしたっけ？」と新人が続けた。ところで、というのがルミたちの耳にはわざとらしく聞こえた。知っているはずだ。

七瀬さんは「秘密です」とこたえた。「でも明日、またひとつ年を取ってしまうんです」

その言葉に黙々と着替えていたルミたちも顔を上げた。

「あっ、そうなの？」

「知らなかった」

「おめでとう」

「誕生日おめでとう七瀬さん」

ありがとうございます。ありがとうございます。七瀬さんは笑顔でぺこぺこ頭を下げた。今こんなものしかないんだけど、と誰かが七瀬さんに飴玉をプレゼントした。それをきっかけに各自ロッカーや鞄の中身を探り始めた。食べかけのチョコレート、スティックシュガー、ペットボトル入りのジュースを買ったらくっついてきたおまけ、ごみ。まったくろくなものが出てこなかったが、七瀬さんは「みなさんのそのお気持ちが嬉しいです」と言って喜んで受け取った。そのあとは全員で「ハッピーバースデー」を合唱した。その様子を横目に見ながら黙って着替えを続ける新人の存在をかき消そうとするかのように、ルミたちは声を張り上げて歌をうたった。ありがとうございます。ありがとうございます。うたい終えると七瀬さんは繰り返し頭を下げた。お祝いの言葉すら口にしていない新人にも下げた。誰かがボールペンをマイクに見立てて「誕生日のご予定は？」と訊ねると「普段通りに過ごします」とこたえた。

するとさっきまでその場にしゃがみこんでサンダルのストラップを留めていた新人が突然立ち上がり、七瀬さんの顔をまじまじと見つめながら「へー」と言った。「そうなんですか？　東京に日帰り旅行じゃないんですか？」

ロッカールームがほんの一瞬静まり返った。新人は更に続けた。「もったいない。せっかくの誕生日なんだから明日は彼と一緒に過ごせばいいのに」

その言い方には明らかに悪意がこめられていた。ルミたちがなにか言おうとしたら、先に七瀬さんが口を開いた。

「残念ながら、明日は彼の都合が悪いんです」

そりゃそうだ。ルミたちはうなずいた。あれだけ朝から晩までテレビに出っ放しの彼なのだから、恋人の誕生日に合わせて都合よく休みをとれるはずもない。

しかし新人は引き下がらなかった。「じゃあ、あさっては？」と続けて訊いた。

「あさっても、だめなんです」七瀬さんがこたえた。

しあさって、と言いかけた新人がルミたちの鋭い視線にようやく気づいた。赤い舌をぺろっと出すと、体を素早く半回転させて自分のロッカーに向き直った。

「来週、行きます」七瀬さんが言った。「来週ならげんきくんも時間あるって言ってるから」

新人は小さなバッグをロッカーから取り出しながら「ふうん」と言った。「いいですねえ。思う存分楽しんできてください」

「うん」

ロッカーの扉を静かに閉めて鍵をかけると、新人は先輩たちのほうへは顔を向けずに「お先に失礼しまーす」と言い、突然用事を思い出したかのように早足で立ち去った。そのうしろ姿に向かってお疲れさまでした、と言った七瀬さんの表情にはなんの変化も見られなかった。ロッカーの中から丸まったTシャツを取り出して一度広げると、いつものように頭からかぶった。

足を踏みならして悔しがったのはルミたちだ。なにあれ。なんなの、あれ。あの新人のあの顔は明らかに七瀬さんの言うことを馬鹿にしている、声が震えていたのは笑いをこらえていた証拠だ。許せないっ。誰かが高い声で叫んだ。

「ねえ七瀬さん」お腹をへこませながらスカートのホックを留めようとしている七瀬さんの肩を摑んだ。「七瀬さん、あたしたちは味方だからね」

ホックに両手をかけたまま、七瀬さんは先輩たちひとりひとりの顔を眺めると、にっこり笑って「ありがとうございます」と言った。

「来週東京行くんだもんね」

はい、七瀬さんはこたえた。

「お土産なんかいらないからね」

「はい」

「写真もね。いらないから絶対」

「はい」

「そうだ！　そのときまでに彼の携帯、探し出せたらすてきじゃない？」

「あっ。それあたしも今思ってたとこ」

あたしも、あたしもと、次々に声が上がった。「あたしたちみんな考えることはおんなじだ」と言って笑った。

「決めた。決定。七瀬さん、明日から本腰入れよう」

「はい？」

「なんか作戦練るとかしてさ、あたしたちも応援するから」

「作戦ですか。はい」

「よし決まり。じゃあ明日の朝、いつもの場所に集合ね」

「はい」

「寝坊しないようにね」

「はい、わかりました」

じゃあね、おやすみ。おやすみなさい、と言い合って通用口の前で別れた。

三日後、水辺に立つ七瀬さんの足元にはビニル袋をかぶせたプラスチック製のごみ箱が置いてあった。中をのぞくと黒いへどろが溜まっている。

「おといからです」と七瀬さんは言った。昨日と一昨日は朝から小糠雨が降っていたからルミたちは見にくることができなかった。訊くと、どうやらこれは彼女の新しい作戦らしい。

これまで草の上にぶち撒けていたへどろを一旦ビニル袋の中に落とし入れ、携帯電話が紛れていないか小さなスコップでかき回して確かめたあと、収穫があってもなくても袋の中身は一度自宅アパートまで持ち運ぶことにしたのだという。そうすれば用水路も用水路周辺も汚さなくて済むし、気になればごみ収集場に出す前にもう一度袋の中身を確認できる。

「えらいよ七瀬さん。ちゃんと環境のこと考えてるんだね」

七瀬さんはすっかり慣れた手つきですくったへどろをごみ箱の中に落としながら言った。「たまたま思いついただけなんですけどね、まあせっかくだしと思いまして」

その顔はまんざらでもなさそうだった。以前、七瀬さんが携帯電話探しを始めてから用水路の水がきれいになったよねとルミたちが言い合っているのをそばで聞いているときの表情とおんなじだ。七瀬さんはその昔彼の運動靴をすくい上げたという地点からほとんど動こうとしないから、実際には水路を流れる水がきれいになるなど有り得ない話なのだが、それでも七瀬さんがいつも立つ区間だけは数週間前と比べるとどぶ特有のいやな臭いが薄らいでいる。水底の色も、真っ黒から深緑色へと変化している。

天候の問題もあるからさすがに毎日というわけにはいかないのだが、七瀬さんをできるだけそばで応援すると宣言した以上はルミたちもこうして水辺に足を運ぶ。朝、眠い目をこすりながらテレビをつけて本日の紫外線指数をチェックする。鏡を見ながら日焼けどめクリームを顔に塗っていると、髪をとかして眉毛くらい描いて出ようかという気にならなくもない。町に一軒しかないコンビニのアルバイト店員は結構かっこいいから気を遣うのだ。今日もそこで待ち合わせをして、ジュースや煙草のほかに、七瀬さんの好きなピーナッツも買ってきた。

七瀬さんがルミたちのほうに向かって口を大きく開けたら「ピーナッツちょうだ

い」の合図なのだ。みんなで代わるがわる挑戦したけれど、何十粒もあるうち最終的に口に入ったのはたったの五粒だけだった。からっぽになった袋を丸めていると、七瀬さんが再び口を大きく開けた。「ごめーん。もうないんだよー」と声をかけると、がっかりした表情で鋤の持ち手を握り直した。

「ごめんねー」

「いいんです、大丈夫」と七瀬さんは言ったけれど、今度くるときは念のため二袋用意したほうがよさそうだ。大量のピーナッツと一緒にちゃんとした誕生日プレゼントも渡したい。花か料理の本か手鏡かでもめていたのだが、この日の帰り道、全員の意見が一致した。体や顔に当たって跳ね返ったピーナッツが水路の中に落ちていくさまをみんな見ていたのだ。七瀬さんは流れゆくそれらを捕まえようと鋤で水面を掻いたのだが、どぶ掃除専用の鋤の底には無数の穴が開いているせいで、一粒もすくい取ることができなかった。ああいうとき、編み目の細かいタモなどがあれば大いに役立つのではないか。

梅雨が明けると店が繁盛し始める。毎年のことではあるが、今年は急激な気温の上昇と人手不足が重なって、七月に入ってからは息つく暇もないくらいに忙しくなった。ピーク時には支配人もワイシャツの袖をまくり上げてフロアに出る。ローラーシューズを履かない七瀬さんは、週に一度のダンスレッスンに参加しなくてもいい代わりに、少し早めに出勤して厨房で料理の仕込みを手伝うよう言い渡された。簡単なリハーサルだけでも汗だくになっているルミたちの元に、料理長の目を盗んでアイスやジュースを差し入れにきてくれるのがありがたい。

トレーを手にした七瀬さんの姿がステージに近づいてくると、一旦音楽をとめて休憩となる。

コーラ、お茶、水、オレンジジュース、バニラアイスが、七瀬さんの手からそれぞれの手に行き渡る。誰がどんなものを好むのか、こちらでメモにまとめたものを手渡してからはほとんど間違えることはなくなった。みんなはタオルで額の汗を拭きながら七瀬さんに「ありがとう」と言う。そんな中、なにも言わない人間がひとりだけいる。自作のスペシャルドリンクなるものをストロー付きの容器に入れて持参している例の生意気な新人は、先輩たちとは少し離れた場所に立ち、ひとりで勝手にのどを潤している。

この日、七瀬さんは余分に持ってきてしまったアイスクリームの器を片手に持って、わざわざ新人の元へと歩いて行った。

「アイスいかがですか？」

七瀬さんは、自分より一段高いところで壁に寄りかかっている新人の顔を見上げて訊ねた。

「いりませーん」

想像していた通りのこたえが返ってきた。最近、目に見えて新人の七瀬さんに対する態度がきつくなっている。先日、見かねたルミたちが説教したときは「そうですか？　前からこんな感じですけど」と言ってすっとぼけた。違う、先週の金曜日からだ、そう指摘すると、新人にしては珍しく両頬に動揺の色を浮かび上がらせた。「隠してもばればれだからね」ルミたちが更に詰め寄ると、新人はうなずき、白状した。

それは七瀬さんの誕生日から一週間が経過した金曜日のことだ。その日仕事が休みだった新人は、昼過ぎに家を出て町の小さな美術館へと足を運び、簡単な買い物を済ませたあと夕方六時半には帰宅した。公園のベンチに座って鳩にエサを撒いている七瀬さんの姿を目撃したのは駅に向かう途中の午後一時過ぎと、帰宅途中の夕方六時前のことだ。同じ場所に同じ姿勢で座り続けていることに呆れはしたものの、今頃東京でデートしているはずのひとがこの町にいることには驚かなかった。「はい。それは最初っから信じてませんし」澄ました顔でそう言った。ただ、それ以来七瀬さんの顔を見る度に前にも増していらいらするのだという。「あのひと自分のついてる嘘がばれてないとでも思ってるんでしょうか」

ルミたちはそんな新人に、できるだけやさしい声で語りかけた。

「あのね、あんたが七瀬さんの姿を見かけた次の日、七瀬さんはあたしたちに東京での話を聞かせてくれたんだよ。彼が自宅マンションで手料理を振舞ってくれたこと。献立はサラダとカレーとヨーグルトだったこと。それから」

「もういいです」新人は口を尖らせた。「先輩たちはやさしすぎます」

「そうかなあ」

「そうですよ。あたしはつき合いきれませんね。頭痛くなってくる」

新人がその場から立ち去ったために話は途切れたまま終わってしまった。それは構わないのだが、七瀬さんに対する失礼な態度だけは改めさせなければというのが全員の意見だった。

いつものごとく差し入れを断られたというのに、本人はまるで気にしていない様子だ。七瀬さんは新人の足元にアイスの入れられた器を置くと「溶ける前にどうぞ」と言って厨房に戻って行った。

ねえ、ちょっと、先輩たちからの呼びかけに、冷めた目つきでバニラアイスを見下ろしていた新人が顔を上げた。

「あんたねえ、ありがとうとか言えないの？」

「ありがとう」

「あたしたちにじゃないよ。七瀬さんにだよ」

新人は小首をかしげながらストローを口元に運んだ。未だかつてこの少女のまともな笑顔を見たことがない。あたしたちの反抗期だってこれほど生意気ではなかったはずだ。ルミたちは一斉にため息をついた。きっとなにを言っても無駄なのだろう。一時停止になっていた音楽が再び流れ始めた。わざとぶつかりに行ったり足を引っかけたりという蛮行に及ぶような人間は誰ひとりとしていない。開店時刻の五分前まで、ひたすら黙って踊り続けた。

七瀬さんが携帯電話が見つからないことを彼に打ち明けたのは、カレーライスを食べ終えてデザートのヨーグルトを口に運んでいるときだった。テーブルを挟んで向かいに腰かけていた彼は、七瀬さんの話を聞き終えるとにっこり微笑み、「ありがとう。もう探さなくていいよ」と言った。

え？　もう探さなくていいの？　休憩室でルミたちが訊ねると、七瀬さんは少し寂しそうな顔をして「はい」とこたえた。諦めるの？　の質問には「だってげんきくんに探さなくていいって言われましたから」と、更に寂しそうな顔をした。そしてそのあとに「携帯なんかいくつなくしたって構わない。おまえさえいてくれればいいんだって、そう言ってくれました」とつけ加えた。

ルミたちはゆっくりと顔を見合わせた。それからもじもじし始めた。困ったな。どうしよう。ねえどうする？

「あの、どうかしましたか」と七瀬さんに訊ねられて、少し迷ったけれどパイプ椅子の下に忍ばせておいたオレンジ色の紙袋を差し出すことに決めた。買ったときはホームセンターのロゴ入りのビニル袋の中に入れられていたのだが、それを自分たちできれいにラッピングし直したのだ。

「遅くなったけど誕生日おめでとう。これ、あたしたちみんなから」そう言っておずおずと手渡した。

七瀬さんは紙袋を開けて中をのぞくと「これは」と言った。

「いらないよねそんなもの。もう必要ないもんね」

七瀬さんは一度袋の中に突っこみかけた手を袋の端に持っていき、きゅっと握りしめると顔を上げた。そしてすぐに伏せた。

正面にずらりと並んで座る先輩たちから注がれるまなざしを一身に受けて、顔は伏せたままでなにか言った。よく聞こえなかった。

「なに？　ごめん、もう一回」

ありがとうございます。嬉しいです。そう言ったのだ。今度は聞こえた。

「え？　本当に？」ルミたちは訊ねた。

「はい」

「嬉しいの？」

「はい」

「使ってくれるの？」

はい、と七瀬さんはこたえた。

そういうわけで八月。日傘や手袋や日焼けどめクリームで日焼け対策をしなかったせいで七瀬さんは真っ黒に日焼けした。用水路の周囲には高い建物がないこともあって太陽の熱は直接肌に降り注ぐ。汗で体にべったり貼りついたTシャツに年中穿いているピンクのスカート、着ているものに変化はないが、技にはどんどん磨きがかかる。七瀬さんは今やどぶ掃除のエキスパートだと言える。川下に向かって少しずつではあるけれど、清掃範囲を拡大していくつもりでいるらしい。専用の鋤は二本になった。最近購入したほうは先がぎざぎざになっている。売り場で迷っていた七瀬さんに、これなら川底の砂利をかき集めることができるし、麵類が流れてきたときなんかにさっとすくえて便利なのでは、とアドバイスしたのはルミたちだ。

空き缶を拾い上げるときには火鋏、近所の養魚園から病気の鯉が流れてきたときは昔も今も虫捕り網を使う。短いホースと勘違いして泳ぐへびを引っかけたことがある。ギャーと叫んで網ごと宙に放り投げたものだから、危うくルミたちの水辺にへびが落ちてくるところだった。みんなでお金を出し合って贈ったタモは、ご飯粒や野菜屑などの家庭から出た残飯をすくうときに重宝している。鯉やへびと違って残飯ほど頻繁に流れてくるものはない。それも七瀬さんの立つ場所から数十メートルと離れていない川上から流れてくる。残飯の入れられた三角形の水切りかごは、屋根の色と同じ、濃い青である。

お母さんは、七瀬さんが自宅から担いできた道具を草の上に下ろしたあたりで玄関先から顔を出す。外国製らしい白い郵便ポストの脇を抜け、まっすぐに前を向いて進むお母さんは、いつも淡い色合いの膝丈ワンピースを身にまとっている。梅雨の季節にはあじさいが咲いていた場所には、今は手のひらサイズのひまわりが咲き乱れる。

お母さんの白くてか細い両足は、人通りのない道路を横切り、家の前を流れる用水路脇で停止する。慣れた様子で腰を屈め、一度肩の上まで水切りかごを振り上げてから勢いよく下ろす。その動作をお母さんは二度繰り返す。チャッチャッと小気味いい音が夏の風にのってルミたちの耳にも届く。そのあとに聞こえるカンカンカンという音は、用水路の縁に水切りかごを叩きつける音だ。ひと粒の米も残さないよう、最後は手にしたかごを水面にさっとくぐらせる。腰を伸ばして、かごを持っていないほうの手を目の上にかざす。太陽の光に目を細めながら、真向かいに立つ新築の我が家を見上げる。たぶん、青い瓦にしてよかった、と思っている。車の通る気配はない。お母さんは左右を確認せずに、きたときと同じようにまっすぐ前を向いてすたすた歩く。

お母さんが玄関扉の取っ手に手をかけるよりも早く、お母さんの流した残飯は七瀬さんのところへ辿り着く。

七瀬さんは準備している。腰を深く落としてはいるけれど、いつでも体勢を変えられるよう、ちゃんと片膝は立てている。右手に握ったタモの柄を一度左に持ち替えた。汗ですべりやすくなっている手のひらをスカートで丹念に拭いたあと、左からまた右に持ち替えて、今度は構えた。その間も両目は川上から流れてくる残飯しか見ていない。ふいに七瀬さんの右肘が上下に動いた。日焼けした腕がまっすぐ伸びたかと思うと枝のように大きくしなった。派手な水しぶきは上がらない。水面をかすめただけに見えた網の底には、水分を含んだ米粒のかたまりがちゃんとおさまっている。時間差で野菜の皮がきた。オレンジ色の皮は七瀬さんのいる場所とは水路を挟んで反対側の水辺付近を流れている。確実に捕えるために、七瀬さんは身を屈めた姿勢から瞬時に体を起こしてジャンプした。宙を横切り、ルミたちの目の前に着地したときにはすでに、握ったタモ網の中には皮がおさまっているのだからその手際は鮮やかだ。無駄な動きが一切ない。自然と拍手が湧き起こる。七瀬さんは前屈みの姿勢のまま首だけひねって、背後で歓声を上げるルミたちにその顔を向ける。さすが。お見事。忍者みたい。ピーナッツが飛ぶ。

　夕方、開店前の店内で支配人が突然大きなひとりごとを口にした。やせたなあ。なあ、やせたよな。おい。

「おいっ」

　カウンターに並べられたスプーンやフォークを布巾で磨くことに熱中していたルミたちは、十回以上肩を叩かれてやっと気づいた。支配人の指差すほうへ顔を向けると、七瀬さんのうしろ姿があった。誰かが真っ先に「わーほんとだ」と言った。

　日焼けしていることもあって、七瀬さんの体は以前と比べてずいぶん引き締まって見えた。深夜まで仕事をしても毎朝九時半には目を覚まし、掃除道具を担いで用水路へ向かうわけだから、なかなかハードな生活を送っていると言える。もちろんそれにつき合うほうも大変なのだが、ルミたちの中にやせた者はひとりもいない。体を動かすのとそうでないのとでは違うのだ。先輩たちの目から見ても、七瀬さんは鋤を使ってへどろをすくうという作業そのものにやりがいを感じているのがわかる。「嫌いではないです」とは、本人の口から出た言葉だ。ついでに減量もできるなんて一石二鳥だと思うのだが、午前中はりきりすぎて午後からは頭が働かないという弊害もある。

たとえば先週の水曜日、日課のどぶ掃除を終えた七瀬さんは朝ごはんの支度をするために台所へと向かった。そして朝ごはんが完成する前にどこからか正午を知らせるチャイムが聴こえ、彼がテレビ画面に登場したのだ。

始まってるよ。げんきくん出てきたよ。ほら、七瀬さんに向かって手を振ってるよ。キスしてウインクするかもよ。ルミたちが大声で呼びかけなければ七瀬さんはいつまでも鍋の中でぐらぐら茹だる白いたまごを菜箸で突っついていたことだろう。そのくらいぼんやりしていた。

「男かな」支配人がルミたちに訊ねた。笑ってうなずいてみせると、彼は肩を落としてどこかへ去った。

七瀬さんの様子の変化に気がついたのは支配人だけじゃなかった。店で働く女の子たちも「最近あのひと暗くない?」などと口々に言い出した。ただし彼女たちは口にするだけで満足してしまうらしい。その点がルミたちとは違った。

店のにぎわいも平常と変わらぬ程度の落ち着きを取り戻し、週末以外は満席になることもなくなった夏の終わりのある晩のこと。この日は月曜日で、ラストオーダーの夜十一時半には客が三人しかいなかったこともあって、支配人から帰ってよしとのお許しが出た。休憩室でコーヒーを飲んだり煙草を吸ったりしながら、このあとどこ行こうかとみんなでわいわい相談していたときのことだ。久々の早い退勤に誰もが浮かれ気味だったのに、七瀬さんだけは突っ立ったまま自分の飲み物を飲み干すと、「お先に失礼します」と言って休憩室から出て行った。

あの覇気のなさは掃除による疲れからくるものではないんじゃないか？　誰かが発したその問いかけに全員が首を縦に振った。

「どうしたんだろう。彼とけんかでもしたのかな」

十分に考えられる話だった。以前にも、彼からかかってくる電話の回数が減ったことが原因で、ふたりはけんかをしたことがあったのだ。そのときは七瀬さんから相談を持ちかけられた。「浮気してるのかもしれません」そう言いながら、ビールをがぶがぶ飲んでいた。忙しいんだよきっと、大丈夫大丈夫。ルミたちはそんな七瀬さんの肩を叩いて励ました。かれこれ一年以上も前の話だ。安い居酒屋の片隅で、当時はまだ苦手だったビールをルミたちは顔をしかめながら無理して飲んだ。結局、彼は浮気などしていなかった。七瀬さんがそう言った。仲直りしたと言った。

その後かかってくる電話の回数が増えたかどうかは聞いていない。電話している姿も見たことがない。七瀬さんは恋人のいない先輩たちの眼前で、後輩の自分が芸能人の彼と甘い会話をすることなど許されないと思っている。

「もしもけんかだとすると、今度の原因はなんだろう」

「メールが減った、とか」

「ああ、ありそうだね」

「ないよ。七瀬さんは携帯もパソコンも持ってないんだから」

「そうか、じゃあなんだろう」

「うーん」

「デートの回数が減った」

「それかもしれない」

以前は進んで彼とのデートの顚末を語って聞かせてくれていたというのに、近頃では周りの人間が訊ねない限り話してくれない。店で働く女の子たちの中にはおもしろがってそういうことを聞きたがる者が多くいるのだ。そんなときはルミたちが「お台場」「イヌ派」「楽しかった」等々、思いついた単語を口にして言い淀む七瀬さんの横でフォローする役を務めた。ふたりのセックス事情に話が及んだときは、ルミたちのがんばりのおかげで聴衆は倍に増えた。

「そういえば得意の川の話もしなくなったし」

「ひょっとして冷めてきてる？」

「けんかというより倦怠期かも？」

「十四年つき合ってんだよ。今更倦怠期もないんじゃないの」

「十四年？　十三年じゃなかった？」

「二十三のときからだから、十四年じゃん」

「違う。知り合ったのが二十三で、つき合い始めたのは二十四」

「そうだっけ？　ちょっと待って、七瀬さん！　七瀬さん！」

休憩室の薄い壁を一枚隔てればその向こうはロッカールームになっている。そこで七瀬さんは私服に着替えている最中だと思い、大きな声で呼びかけたのだが返事はなかった。

「帰ったのかな。七瀬さーん」

「気になる。明日訊いてみようよ」

「たしか二十四のときから正式につき合い始めたんだったと思う」

「でも正式ってなに？　ラジオでプロポーズされたのは正式にはならない？」

「そうか、じゃあ十三年だ」

「十四年」

「十四年か」

「十五年じゃないですか」幼い声が割って入った。

その場にいた全員が声のしたほうへ振り向いた。新人だった。もう帰ったと思っていたのにまだ着替えも済ませていなかった。自作のスペシャルドリンクを片手に持ち、壁にもたれて休憩室の窓から外を眺めている。「ごめん、虫入ってくるから窓閉めて」という先輩たちの声には表情を変えることなく従った。ゆっくりとアルミ製のサッシが窓枠を滑る音に続いて「十六年かも」と言う声が聞こえてきたが、それはみんなで無視することにした。「十七年でもいいですね」

「…なに？」

「え？」

「なにが言いたいの？」

「べつになにも」

「じゃあなんでいるの？」

「帰りまーす。お疲れさまでーす」

新人は扉に向かって歩き出した。その歩き方はどことなく軽やかだ。先輩たちの訝しげな視線をものともせずに、颯爽と扉を開けて出て行った。なにあれ、と誰かが言いかけたところで、さっき閉まった扉がまた開いた。壁との隙間から顔を半分だけのぞかせた新人が「いますよ七瀬さん」と言った。

七瀬さんはちょうど着替えを終えてロッカーに鍵をかけているところだった。

「いたの？」

「はい」

「呼んだんだよ」

「すみません聞こえませんでした」

「謝らなくてもいいよ。ねえ七瀬さんと春げんきのつき合いって今年で何年目になるんだっけ？」

「十三、十四年です」

「どっちかわかるかな？」

「十四年だったと思います。十四年です」

「ほらね」

「嘘だ。前、二十四のときからつき合い始めたって言ったよ」

「でもラジオでプロポーズされたのは二十三のときだもんね。ね、七瀬さん。そういうことなんだよね」

「はい」

「ほらね」

「おかしいな」

「順序が逆なんだよね。プロポーズされたあとにお互いの顔を知るんだもんね。そうだよね」

「はい」と七瀬さんはこたえた。

「ほら」

「真冬だっけ」

「そうそう、ラジオ局の前で」

「お互いすぐに気がついたんだよね」

「ね」

「そうだよね」

「七瀬さん？」

はい、と返事をした七瀬さんの顔色はあまり良くなかった。

「どうしたの？　具合悪いの？」

「はいちょっと」

「風邪？」

「はいたぶん」

「そっか、それで最近元気なかったんだね」

ああそうか、と一同納得した。

「最近七瀬さん元気ないからさ、ひょっとして彼とけんかでもしたのかなって今も心配してたとこなんだ」

「違うのね？」

「けんかじゃないんだね？」

「七瀬さん聞こえてる？」

七瀬さんはうなずいた。

「ならいいんだ。ごめんね、帰るとこ呼びとめて」

「ごめんね」

「七瀬さんごめんね」

「いえ、おつかれさまでした」七瀬さんは丁寧に一礼したあと「お先に失礼します」と言い、更にもう一度お辞儀をして先輩たちに背を向けた。ひとりでさっさと着替えを済ませてなにも言わずにみんなのうしろをすり抜けて出て行った新人とは大違いだ。

「待って七瀬さんこれだけ訊きたい」

先輩のひとりに呼びとめられた七瀬さんが足をとめて振り返った。

「彼とは順調？」

その質問に、七瀬さんは少し笑ってうなずいた。「お先に失礼します」

おつかれー。お大事にー。ロッカールームから出て行く七瀬さんのうしろ姿に向かって全員並んで手を振った。

そのあと、再び休憩室に戻ったルミたちは今後のふたりについて様々な想像を巡らせた。結婚を前提としたつき合いが十四年にも及ぶともなれば、そろそろ入籍という話も有り得るのではないか。しかし彼は人気絶頂のお笑いタレント。当然事務所から猛反対を受ける。結果、ふたりは誰にも内緒で籍だけ入れる。誰にも内緒とはいってもきっとルミたちだけには教えてくれる。そのときは居酒屋にケーキを持ちこんでささやかなパーティーを開こうか。その席に東京で超多忙なスケジュールをこなす彼の姿はないけれど。

内緒なのだから当然一緒に住むわけにもいかず、夫は東京、妻は相変わらずこの町での生活を続ける。結婚しても仕事は辞めない好きだから。これまでふたりの交際が明るみに出なかったように、別居婚も当然マスコミにばれることはない。七瀬さんは二週間に一度は「東京へ行く」と言うだろう。夫婦が会っているのはそのときだ。一泊か日帰りのどちらかで、土産と写真はない。いらない。いつまで経っても妊娠しない。どちらかに原因があるのではなくて、単に七瀬さんが子ども嫌いなだけだ。こんなところだろうか。うん、悪くない。

いつの間にかメモ用紙とボールペンが用意されていて、書記が今後予想される出来事や、幸せな新婚生活の模様をメモにとった。それをみんなで回し読んでいるときに、誰かが入籍報告を受けたその日から七瀬さんのことは春さんと呼ぶように、と言い、それも忘れないようメモに書き加えた。代表者が立ち上がって書かれた内容を最初から声に出して読み上げると、誰もが笑顔でうなずきながらそれを聴き、最後は全員による短い拍手で締めくくった。

それは完璧な予定年表だった。だから翌朝のニュースを観たときは驚いた。青天の霹靂とはこのことだ。『人気お笑いタレント春げんき（本名　春・元気）結婚』

お相手は七瀬さんじゃない。

昼過ぎ、職場近くの喫茶店で顔を揃えたルミたちは、昨夜作ったメモを眺めてため息をついた。七瀬さんは今朝のニュースを観たのだろうか。確かめようにもわからない。その日の朝は誰も七瀬さんがいるであろう水辺に足を運んでいなかった。

店員が何度目かの灰皿交換をしにテーブルまでやってきた。ご注文は、と訊ねられて何人かが声を揃えて「あとで」とこたえた。それからまた沈黙が訪れた。

店内にはおとし流行ったラブソングが流れていた。スピーカーから聴こえてくる甲高い女性ボーカルとは似ても似つかぬ低い声で、ふいに誰かが「春げんきって最低」とつぶやいた。

その声に反応して全員が顔を上げた。その通りだと思ったのだ。彼は七瀬さんという婚約者がありながら、未成年のアイドルと浮気をしていた。ワイドショーから仕入れた情報によれば、春げんきと某アイドルはテレビ番組での共演がきっかけとなって一年前から交際をスタートさせたのだという。一年前というと、まさに彼が浮気しているのではと七瀬さんから相談を持ちかけられた時期ではないか。あれからすぐに疑惑が晴れて、彼と仲直りしたと七瀬さんは言っていたけれど、アイドルとの二股交際は密かに続行していたのだ。相手の女は妊娠五カ月。ひょっとしたら七瀬さんは気がついていたのかもしれない。ここ最近元気がなかったのはそのせいか。どうして相談してくれなかったのだろう。七瀬さんは被害者だ。

誰かがテーブルをばしんと叩いた。

「よーし。こうなったら婚約不履行で春げんきを訴えよう」

「そうだ。もしくは手切れ金請求」

「週刊誌にばらすと言って事務所の社長を脅す手もあるよ」

にわかにテーブル周辺が活気づいた。しかし「さすがにそれは無理がある」のひとことでまた静かになった。その言葉に異議を唱える者はいなかった。無理があると言ったのは新人だった。

「放っておくのが一番だと思います」唯一煙草を吸わない新人は、煙を避けるかのように体を斜めに傾けて窓際のソファ席に腰を下ろしていた。

「なにあんた。なんでいるの？　しかも一番いい席に」

「呼ばれたからきただけです」

「誰？　この子呼んだの」

さあ。知らない。一同、首を横に振った。

「放っておけばそのうち新しい恋人がひょっこり登場してきますよ」新人は知ったようなことを言った。

「これだからお子様は困るな。恋愛ってそんな簡単なもんじゃないんだよ」

「七瀬さんにとっては簡単なことですよ。考えてもみてください。べつにお笑いタレントじゃなくてもいい。歌手でも俳優でも一般人でもいい。自由自在でしょ」

「自由自在ってあんたねえ」

「違いますか」

違う！　と、こたえた声が揃った。

「全然違う！　七瀬さんは春げんき一筋なんだから」

「そうだよ。バカなこと言うんじゃないよ」

「十四年間思い続けたんだからね」

「じゃあこういうのはどうですか」新人がわずかに身を乗り出した。「七瀬さんは春げんきとは決別しない。つまり不倫に走るのです」

「なにそれ、どういうこと？」

新人は先輩たちの顔を得意気に見回した。

「いいですか、不倫関係は三年ほど続きます。春げんきはおれは嫁にはめられたんだ、やっぱりおまえが一番だとかなんとか言うんでしょう。そしてある日彼はアイドルの嫁と離婚します。そのすぐあとに七瀬さんが後妻に入ると」

「バカだね、そんな都合よくいくわけないでしょ」

「そうだよ。春げんきが離婚しなかったらどうするの？」

「そのときは七瀬さんの頭の中で離婚させればいいわけです」

「だったら最初からアイドルなんかと結婚してないことにすればいいじゃん」

「それはそうですけど、不倫のほうがおもしろいじゃないですか」

「おもしろいってなに？　七瀬さんは真剣なんだからね」

「すみません」

「でも一応メモしとこう」

「春げんきの離婚はともかく、七瀬さん本人も不倫の道があることに気づいてないかもしれないね」

「ぜひ教えてあげてください」

「なによえらそうに。教えたところで実際に採用するかどうか決めるのはあんたじゃなくて七瀬さん本人なんだからね」

「じゃあもし採用されたらおひとりにつき千円というのはどうでしょう」

「どうしてそうなるの。じゃあもし採用されなかったらあんたが千円払うんだよ。ここにいる全員のぶん」

「いいですよ、自信ありますよあたし」

「言ったね」

「ええ言いました」

「ほんと生意気な子」

だけどその夜、七瀬さんは出勤時刻を過ぎても店に姿を現さなかった。

「風邪だってよ」支配人はそう言った。

翌朝、水辺に行ってみるとそこにも七瀬さんの姿はなかった。

いないね、と顔を見合わせているルミたちに向かって「普段はいるんですか？」と新人が訊ねた。

「うん、いつもはいるよ。毎朝どぶ掃除するのが七瀬さんの日課だからね」

「へー、やっぱり変わったひとだ。なんでまたどぶ掃除」

「なんか好きなんだって」

「どぶ掃除が？」

「うん。……いや待てよ違うな。なんでだっけ」

「携帯電話だよ」

「そうだ。携帯電話を探してたんだ」

「七瀬さん携帯持ってましたっけ？」

「いや七瀬さんのじゃなくて、彼のね」

「彼って春げんきですか？」

「そう。春げんきの携帯をね」

「春げんきの携帯電話を七瀬さんが探してたんですか？　なんでですか？」

「なんでって春げんきにたのまれたからに決まってんじゃん」

「春げんきが七瀬さんにたのんだんですか？」

「そう。春げんきが七瀬さんにたのんだんだよ」

「……」

「どうしたの？」

「どうもしません」

「なんで笑ってんの？」

「先輩たちが笑ってるからです」

ルミたちはお互いの顔を見た。誰も笑ってなんかいなかった。

新人が気を取り直すかのように小さく咳をした。

「だけどよっぽど好きだったんですね」

「どぶ掃除？」

「違いますよ」新人がまた笑った。「春げんきのことを、ですよ」

「そりゃそうだよ。汚かった用水路がきれいになるくらいだもん。愛のちからは偉大だよ」

「残飯のすくい方とか熟練されてるよね」

「うん。道具にもこだわってるし」

「へー、どんなひとにも得意なことってあるもんですね」

「あんたは特技とかあるの」

「特技というか、絵を描くのは好きですけど」

「いいじゃん。どんな絵描くの」

「なんでも。風景も人物も」

「油絵？」

「水彩画です」

「今度あたしたち描いてよ」

「……いいですけどなんか恐いな」

「恐いってなにが？」

「いえべつに」

外から見上げると、七瀬さんの自宅アパート二〇一号室の部屋のカーテンは閉じていた。

「寝こんでるのかな」

「一応チャイム鳴らしてみよう」

代わるがわる何度かチャイムを鳴らし、ノックをして呼びかけてみたが返事はなかった。

「病院行ってるんじゃないですか」

そうかもしれない。とりあえず持ってきたメモをドアと壁の隙間に挟んでおいた。

「採用されますように」新人はドアに向かって柏手を打った。

ドアに挟んだメモが間違っていたことに気づいたのはその日の夜、仕事を終えて休憩室で雑談していたときのことだった。仲間のひとりが慌てた様子で駆けこんできて言った。

「しまった！　もう一枚のほう挟んできちゃったみたい」

もう一枚のほうというのは、春げんきの結婚報道が世に出る前日に、みんなで相談して決めたふたりの明るい未来予想図が描かれたメモのことだ。

「まじで？」

「なにやってんの？　よく確認しないからそういうことになるんだよ」

「どうしよう。ごめん」

「仕方ない。明日七瀬さんが出勤したら間違えたこと謝ろう」

しかしその翌日も七瀬さんは店を休んだ。「まだ風邪だってよ」支配人は不機嫌そうにため息をついた。「困るんだよな、週末の忙しいときに」

次の日の朝、ルミたちはコンビニでピーナッツを買って七瀬さんのアパートを訪れた。壁と扉の隙間に挟んだメモはなくなっている。チャイムを鳴らし、ノックして呼びかけた。なーなーせーさん。しかし反応はなかった。ピーナッツの入った袋をドアノブにかけて、本来渡すはずだった不倫を推奨するメモは壁と扉の隙間に挟んだ。

「今度こそ採用されますように」新人は柏手を打った。

あたしたちの想像以上に七瀬さんは春げんきの結婚にショックを受けていて、ひょっとすると今ごろ蛍光灯から垂れ下がるあの長い紐で首を吊って死んでいるのでは、というよからぬ憶測が飛び交ったのは、七瀬さんが店に姿を現さなくなってから二週間が経つころだった。でも「バカ言うな」と支配人が言った。支配人が七瀬さんの家に電話するとちゃんと本人が出て、ゲホゲホ咳きこみながら風邪が全然治らないから明日も休ませてくれと言うらしい。

死んでいるのではないとわかって安心したけれど、七瀬さんが心身ともに弱っていることはたしかなのだ。元気づける方法はないものかとみんなで話し合っているときに誰かがいいことを言った。そうだ、春げんきに会いに行こう。

「本物の春げんきを見たらたとえ死んでても七瀬さんなら即生き返るよ」

全員賛成だった。その日のうちにコンビニで各自一枚ずつ往復はがきを購入した。応募はおひとり様一枚まで。複数の応募は無効となる。友人や店の客、家族や親戚にも協力してもらった。観覧希望日は来月あたまの水曜日、希望人数、同伴者全員の氏名と電話番号、代表者の氏名と住所と電話番号、宛先に間違いはないか、ポストに投函する前にもう一度よく確認した。

はがきを出して十日あまりが経ったころ、仲間のひとりの自宅ポストに待ちに待った知らせが届いた。その知らせを手に、ルミたちは喜び勇んで七瀬さんのアパートへと向かった。チャイムを鳴らし、ノックして呼びかける。七瀬さん七瀬さん、観覧希望はがきが当選したよ。本物の春げんきを見に行くよ。ねえ東京だよ東京。七瀬さん、聞こえてる？　ここに日時と集合場所を書いたメモを挟んでおくよ。あとでよく見といてね。

その翌日、支配人から七瀬さんがこの町を出て行ったと聞かされた。

あまりに突然のことで寂しさよりも驚きのほうが大きかった。支配人が言うには七瀬さんは実家に戻ったということだ。「なんでまた急に」「お別れの挨拶もないなんて」「もうすぐ春げんきに会えるっていうときに」「信じられない」お互いの声が聞き取れないほどその場は一時騒然となった。それにしても彼女に実家があったとは知らなかった。

せっかくの当選はがきを無駄にするわけにもいかず、結局ルミたちだけで東京へ行った。まとまった人数で一斉に休みをとるのは難しく、支配人はなかなか首を縦に振ってくれなかった。狭い事務所は人間が二人も入ればそれだけで空気中の酸素濃度が薄くなる。ルミたちはひとりずつ順番に支配人の前に立ち、休みの許可を請い、丁寧にお辞儀をしたあと再び列のうしろに並び直すということを繰り返した。すれ違いざまに誰かのおでことおでこがぶつかって笑いが起こった。支配人に「おまえら全員クビにするぞ」と怒鳴られてもまだ笑っていた。

本物の春げんきはテレビで観るより老けていた。お客さんのほとんどが「はるくん」と呼びかける中、ひとり「げんきくん」と呼ぶ者があった。見ると、若くてかわいい女の子だ。

東京から帰ってしばらく経ったある日のこと、ルミたちは声をひそませながら道を歩いた。見上げる先に閉ざされた紺色のカーテンをみとめた瞬間、全員黙った。階段の手前で荷物を下ろして靴を脱いだ。錆びたステップに手をつきながら一段一段ゆっくり上った。腰の曲がった老婆のような姿勢を保ったまま前進し、全員がようやく部屋の前まで辿り着くと一枚板の玄関扉にぴったり片耳を押し当てた。

音楽が聴こえた。水曜日の0時00分、耳に馴染んだあのテーマソング。

七瀬さんは中にいる——。

誰もチャイムを鳴らさなかった。その後、彼と不倫の関係になったのか、それとも新しい恋人でもできたのか、詳しく訊いてみようという者もいなかった。扉の前で小さなため息をついたあと、きたときと同じ並びでまわれ右して二〇一号室をあとにした。階段の下で靴を履き、ずっと屈みっぱなしだった上半身をゆっくり起こして思いっきり伸びをした。それからみんなで水辺に向かった。仲間のひとりは太陽の下で全員の顔をスケッチするんだと言ってはりきっている。到着するなり鞄の中からスケッチブックを取り出そうとする手を周りがやさしくたしなめた。

「まあまあ、まずはお昼ごはん」

シートの上で各自持ち寄ったものを並べてみるとなかなかの量だった。どのお弁当にも早起きの成果があらわれている。途中立ち寄ったコンビニでは飲み物と甘い物を買った。新発売のチョコレート菓子は全種類、分担して買った。缶ビールのプルトップをせーので開けて、秋たけなわのこのすばらしい陽気に乾杯した。外で飲むと格段においしく感じられるから不思議だ。

チズさん

近所に、チズさんというおばあさんが住んでいた。

チズさんちには、たまに遊びに行った。一緒に昼寝をしたり、お菓子を食べたり、ラジオを聴いたり、買い物に行ったり、台所を借りて、簡単な料理を作ることもあった。

買い物は、チズさんの家から一番近いスーパーマーケットを利用した。一人で行けば五分で着くけど、チズさんと一緒だと、片道三十分かかった。

チズさんは、まっすぐ立つことができなかった。全体的に、少し左側に傾いていた。手押し車を押しながらじゃないと、歩くこともできなかった。疲れてくると、手押し車の持ち手を握りしめたまま、左に倒れそうになった。途中で一回立ち止まって、右に戻しても、二秒後にはゆら〜とまたこっちに倒れかかってきた。

行きは、まだなんとか大丈夫だった。だけど、帰りは、途中で疲れて、私の胸にぐったりと、体を預けてくることが多かった。右手でチズさんの腰を抱えて、左手で買い物袋の入った手押し車を引きずりながら歩いてると、工事現場のおじさんから、ヨッ、力持ち、とからかわれるのが、恥ずかしかった。

「まっすぐして。チズさんまっすぐ立って」

チズさんは、言うことをきいてくれなかった。

雨の日は、買い物に行けなかった。チズさんは、傘をさせないからだった。ラジオにも飽きてくると、私の家から持ってきた、英会話のCDを聴いていた。ごきげんいかがですか。あなたのお名前は何ですか。歳はいくつですか。好きな人は誰ですか。日本語で聞いても、英語で聞いても、チズさんは答えなかった。全部、私がチズさんの代わりに、英語で答えた。

スーパーマーケットへ行く道の途中に、児童公園があった。

チズさんは、公園の前で足を止めて、すべり台やブランコで遊ぶ子ども達を、飽きもせずに見ていた。

「みきお」

チズさんが、唯一話せることばだった。

「違うよ」

「みきお」

「違うよ。みきおじゃない」

「みきお」

「だから違うから」

みきおは千葉にいる。

台所のテーブルの上に、「引継ぎ帳」と書かれたノートが置いてあった。ひろげてみたら、そのように書いてあった。

最初のページに、赤ペンで、「東海林さんには、みきお君という名前のお孫さんがいらっしゃいます。現在、みきお君はご家族と一緒に千葉で暮らしておられるようなのですが、ご本人は、そのことを理解しておられません。その為、近所の小学生とみきお君を混同されることが、多々あるようです。外出時には気をつけてあげてください。吉岡」

小学校の下校の時刻に出歩くと、何人ものみきおに出会うことになった。みきおと呼ばれて、中には手を振ってくる子もいた。そういう時、チズさんは、特に喜んでるふうでもなかった。うわごとのように、名前を繰り返すだけだった。

チズさんの家に、人の出入りはあったみたいだ。たまたま、私が遊びに行った時に、誰もいなかっただけで。

まだ湯気の立っている肉じゃがが、お皿に盛られて、台所のテーブルの上に置かれていたり、狂っていたはずの、掛け時計の針が、いつの間にか正確に動いていたりした。スーパーでたくさんお金を使っても、次に訪ねた時には、財布の中身が増えていたし、年が明けると、カレンダーは新しいものに変わっていた。

寝ているチズさんのへその上に、みかんがのっていたことがあった。どうして、そうなったかわからない。誰かが入ってきて、のせたのか、あるいは、チズさん本人が、自分でのせたのかもしれなかった。みかんはスーパーで買ってきたもので、青い、堅いみかんだった。

一度だけ、二人で万引きの計画を立てたことがある。冷蔵庫はからっぽで、財布の中には一円も入ってなかった日のことだ。犯行場所は、もちろん、いつものスーパーだった。

そのスーパーには、レジが二台しかなかった。新米のアルバイト店員がいる時間を、狙って行くことにした。盗むものは、あんぱんにした。重さもサイズも、力の弱いチズさんにちょうどいいし、お年寄りの客が多いからなのか、あんぱんの種類が、他のどの店よりも豊富だったからだ。

私が防犯カメラに背を向けた状態で、食パンとフランスパンを両手に持って、ねえねえチズさんどっちがいーい、と、たずねる。チズさんは、どっちがいいかなあ、と考えていると見せかけて、じつは下のほうで、棚に並ぶ色んな種類のあんぱんを、片っぱしからつかみ取っては、ポイポイ手押し車のポケットの中に放りこむのだ。

もちろん、そんなことできないし、しようと思わないから、その日は結局、仏壇に供えてあったカステラを、二人でわけて食べた。

チズさんちの玄関の鍵は、中に石ころのたくさんつまった、青い植木鉢の下に、隠してあった。

その日も、いつものように鍵を開けて、家の中に入っていった。

静かだった。

死んでるかもしれないと思ったけど、これは毎回必ず思うことだった。

「あけますよ」

奥の畳の部屋のふすまを開けて、中をのぞいた。この部屋特有のにおいがした。チズさんは、ベッドの上でまだ眠っていた。

「チズさん。おはよ」

もう十二時近かった。

「チズさん。起きて。お昼にしよう。今日はいいものがあるよ」

カーテンが開いていた。まぶしいので、レースのカーテンだけ閉めに行ってから、もう一回近くまで寄って、声をかけた。

「チズどの」

やっと、まぶたが開いた。でもどこを見ているのか、わからなかった。布団から起き上がろうとする気配もなかった。寝る前に飲む薬のせいなのか、午前中は、いつもこんな感じだった。私はチズさんを抱き起こし、台所のテーブルのところまで、抱えていった。

「座って」

持ってきた買い物袋の中から、透明のパックを取り出した。

「見て。ケーキ」

三角のいちごのショートケーキが二個。ここへくる途中、スーパーで買ってきた。

「誕生日おめでとう」

「……」

「チズさん誕生日おめでとう」

「……」

どんっ、と、右足で力いっぱい床を鳴らした。チズさんは、イスの上で一回弾んで、隣りに座っている私の顔を見た。気がついたようだ。

「チズさん誕生日おめでとう」

フォークが、一本しか見当たらなかった。

食器棚を探っていると、一台の車が家の前の狭い道を、ゆっくりと進んできた。フォークを探すのをやめて、流しの上の窓から、車を見ていた。

タクシーだった。中に、三人の乗客がいた。助手席におばさん、その後ろにおじさん、その隣りにサングラスの若者。

そのまま通り過ぎたと思ったら、ゆっくりゆっくりバックしてきて、ちょうどこの家の真ん前で停車した。やばい。

私は、押し入れの中に隠れようとした。ふすまに手をかけた瞬間、なぜか突然、隠れないで出て行こう、という気持ちになった。

でも、やっぱり隠れよう、と思い直した時には、すでに、玄関の引き戸ががらがら開かれていたので、急きょ、立っていた場所から一番近いドアを開けて、慌てて中から鍵をかけた。

「こんにちはー」

「物騒だなあ。いつも開けっ放しなのか」

「盗るもんないわよ。こんにちはー。おかあさーん」

「寝てるんじゃないか」

「おじゃましまーす。ああ、いたいた。こんにちは。おかあさん、お誕生日おめでとう」

「眠そうだな」

「わかりますか。お誕生日ですよ。これ、ほらお花。きれいでしょう」

「かあさん、わかる？　米寿」

「米寿ですよ。おかあさん。長生きしましたねえ。今日はみきおも来てますよ」

「ばあちゃん久しぶり」

「サングラス取りなさい」

「うん。そう。そうですよおかあさん。みきおですよ。会いたかったでしょう。どうですか。ちょっとはハンサムになりましたか」

「うるさいよ」

「まだなってないよな」

「うるさい」

「なりかけだ。ハハハ」

「うるさいなあ」

「おかあさん。みきおはね、おととい、目の手術したんですよ。ほら、見てください。二重になってるでしょう」

「まだ腫れてるんだ」

「おばあちゃんにもっとよく見せてあげなさい」

「まだ腫れてるんだよ」

「腫れが引くのに二週間かかるんですってよ。それでもなかなか、悪くないわよねえ」

「悪いよ。こんなんでオーディション行ったって落ちるに決まってる」

「そういうことを口にするな」

「おかあさん。この子はアイドル歌手になりますからね」

「サングラスしてオーディション行ったらどうだ」

「そしたらせっかく二重にした意味ないじゃないの」

「そうか」

「やだなあ、もう。今週中には腫れが引かないといやなんだよ、マジで」

「悪いことばかり考えるんじゃない。そういう思考は顔の表情に全部出てくる。プロはそこを見抜くんだ」

「わかってる」

「おかあさん。みきおが今度こそオーディション合格しますようにって応援しててくだいね」

「おれちょっと仏壇に祈ってくる」

「あ、じゃあこれ。お供えもの」

「思ってたより片付いてるな」

「そうかしら」

「うちのロフトよりすっきりしてるじゃないか」

「ヘルパーさんがしてくれてるのよ」

「これなら松江のほうも家で見れたんじゃないか」

「無理ですよ。ひろみが聞いたら怒るわよ。まったく、他人事なんだから」

「祈ってきたよ」

「お線香まだあった?」

「あ、線香あげてない。あげてくる」

「あとでいいわよ」

「いやあげてくる。線香あげた上で祈りたいから」

「あとにしなさい。先に寿司食ってから」

「あら。このケーキ何かしら。みきお食べる？」

「いらない」

「ニキビができるからいらないだとさ」

「うるさいな」

「あら。おかあさんどこ行くの。あなた、ちょっと」

「トイレだろ」

「おかあさんトイレ？　大丈夫かしら」

「大丈夫だよ。普段一人で生活してるんだから」

「祈ってくるよ」

「勝手にしろ」

私はそうっとドアを開けて、中にチズさんを招き入れた。

チズさんは、手すりにつかまりながら、自分でズボンとパンツを下ろした。おしっこを済ませたあとは、しばらくそのまま休憩していた。

トイレの中は、太陽の光でいっぱいだった。チズさんの顔は、いつも以上にしわだらけだった。

私は、チズさんに、私の家に来たいかどうか、聞いてみた。

するとチズさんが、にこっと笑った。

「今から」

チズさんは、うなずいた。

「ここから一時間くらいかかるけど」

チズさんの足だと、という意味だった。

「狭いし、暗いし、汚いんだよ」

チズさんちの押し入れの中よりはましだった。

「あと父さんいるけど」

それでも、かまわないようだった。

「……わかった」

私は覚悟を決めた。

ドアを開けて、音をたてないように廊下に出た。玄関まで行って、先に手押し車を外に出した。

家の人達が気づいた様子はなかった。トイレはさっき済ませたばかりだし、忘れ物もなかった。

「よし行こう」

玄関から廊下を振り返ったその瞬間、私は私の目を疑った。

そこにあったのは、自分の力だけで立っている、チズさんの姿だった。手すりを持たず、壁にもどこにももたれかかっていなかった。

「チズさんがまっすぐになってる！」

廊下に立って、にこにこ笑って、こっちを見ている。

「あっ！　だめ。動いたら」

ちょっとでも動いたら、バランスを崩して、その場に倒れて、けがをする恐れがあった。

「危ないから……。ね、そのまま」

チズさんの右手の指先が、かすかに動いた。

「だめ。動かないで」

チズさんの、右のつま先が、廊下の表面を少しこすった。

「だめだってば。そのまま」

　チズさんのわずかな動きだけじゃなく、空気の震動さえも、恐ろしかった。私の声や、吐く息は、チズさんの小さな体を、簡単に倒してしまいそうだった。

　私達は、黙って見つめ合っていた。

　そのうち、チズさんの顔から、笑顔が消えた。小さな白髪頭を、みきお達がいるほうへ、ゆっくりと向けようとする。

「ストップ。そのまま」

　チズさんは、かろうじて、まだまっすぐだと言えた。

「そのまま。そのまま」

　私はもうしゃべらないことにした。チズさんが倒れないように、息を止め、すべての物音に気をつけながら、玄関から出て行った。

　一つ目の角を曲がって、児童公園に差しかかっても、私は、まだ、何の音もたてなかった。スーパーを通り過ぎてから、やっと走り出すことができた。

解説

町田康

歌手やなんかが、テレビやなんかで、「人に勇気と力を与えたい」といったようなことを言っているのをときどき聞くが聞く度に私はうれしいような気持ちになる。なぜなら、自分に勇気と力が不足しており、そのために悲しい思い、苦しい思いをすることが屢々《しばしば》で、人に馬鹿にせられることも多いが、その勇気や力を貰えるなんて、なんてありがたいことだろう、と思うからである。

それで、テレビジョンの前に正座して、その奇特な方の歌を聴くのだけれども、どういう訳か、たいていの場合、ほとんど勇気が湧いてこない。力も湧いてこない。それどころか、激しい怒りがこみ上げてきて、気がつくとテレビに向かいて、「しょうむない歌、唱うな、どあほ」と毒づいていることもある。

なぜそんなことになるのかというと、勇気や力といったようなものは、そう簡単に人に与えたり、また、受け取ったりできるものではないということだろう。

と言うと、暗がりから詰襟服を着た坊主頭の恰幅のよい、ギョロ目の男が現れ、

「いや、そんなことはない。優れた芸術は確かに人に勇気と力を与えるよ」と言った。

「そのよい例が、この儂《わし》だ。私はたったひとりで上京して和菓子屋の徒弟になったのはよいが、行き詰まりを感じて、すっかり自信をなくし、いっそやくざにでもなったろか、と、思っていたときに読んだ、轟一先生の『屯田の青春』に俺はどれだけ勇気づけられたことか。力を貰ったことか。あの読書体験があったからこそ、僕はこれほどの身分になれたんだよ」

男はギョロ目をギョロつかせて言い捨ててまた暗闇に消えていった。しかし、男は自分で言うほどよい身分であるように見えなかったし、また、勇気と力に溢れているようにも見えなかった。ということはどういうことかというと、男は、勇気と力を受け取ったと感じたが、実際には受け取っていない、ということで、ではなぜ受け取ってもいないものを受け取ったように感じたかというと、それが、勇気と力を受け取った、と読者が思い込むように設計され、その設計図通りに作られたものだったからである。

多くのものがそのようにして作られ、多くの人がそのように感じて、勇気と力を受け取るというのは、とてもよいことで、なぜなら多くの人は、現実の中で嫌な思いやしんどい思いを随分としてやっと生きているので、それくらいの慰謝、慰藉がないとやっていられないからである。

けれども、だからこそ、それは自分のなかに真の勇気、真の力としてストックされることはなく、一時的にそんな気分、すなわち、勇気と力を与えられたような気分、になるに過ぎないからである。

また、その設計図が正しければよいが、その設計図が間違っていたり、拙劣だったりした場合、右に申し上げたとおり、喚き散らしたくなることもある。

では、人に勇気や力を与えることはできないのか。というと、私は、できない、と思う。なぜなら人に勇気や力を与えようと企図した、その段階で、いまいったような代替品に成り下がるからである。

しかし、人は人が作ったものから勇気や力、或いは勇気や力ではなく、また別の、そうした簡単な言葉で表しがたいものを確かに受け取り、それが自分のなかに間違いなく残り、その後の人生に影響を及ぼすことがある。そのとき、その作ったものはどんなものか。例えば、それが小説だった場合、どのように書かれるべきなのか。それは、その拵えたものが勇気や力やまた別のものそのものであるように書かれなければならない。その例を挙げるならば、私は、本書、『こちらあみ子』のようであるべきだと思う。

「こちらあみ子」は、いろんな面があって、いろんな風に読み、いろんな風に感じることができ、それがこの小説の凄みになっているのだが、そのひとつとして、もし仮に、一途な愛、一途なもの、がこの世にあるとしたら、それはこの世でどのような形を取るか。この世で一途に愛することのできる人間はどんな人間か。その一途な愛はこの世になにをするのか。一途に愛する人はこの世になにをされるのか。といったことがある。

それらはすべて小説に書かれてあるが、例えば、この世で一途に愛することができる人間はどんな人間か、について言えば、世間を生きる普通の人間には無理だ、ということになる。

なぜかというと世間には様々の利害関係が錯綜していて、その世間を生きるということは、自らもその利害関係のネットワークの一部になってしまい、それは一途に愛することの障害になるからで、したがって、一途に愛するためには、世間の外側にいなければならない。しかし、人間が世間の外側に出るということは実に難しいことで、だから多くの場合は一途に愛することはなく、他のことと適度にバランスをとって愛したり、また、そのことで愛されたりもする。つまり、殆どの人間が一途に愛するということはないということで、一途に愛する者は、この世に居場所がない人間でなければならないのである。

それは、この世に居場所を確保しておきながら、自分は一途に愛している、というのは嘘である、ということで、そのこと自体が、普通の人間にはきわめて残酷な事態であると言え、それはそのまま、一途なものが、この世になにをするのか。ということにつながる。

一途なものは、それ自体が力であるので、世間を生き、希望という言葉によって希望のようなもの、希望の切れ端を摑もうとする人間にとって耐えられるものではなく、一途な愛はそうしたものを根こそぎ破壊するし、一途な愛を受ける者も当然、それに耐えられるものではなく、次第に追い詰められていく。

というと、一途な者が無敵のパワーを持っているように聞こえるが、それが一途な愛、しかもピュアーである以上、言葉の上でそれを善きものとすることで成り立っている世の中が、これを無下に否定することは自己否定につながるため、これに耐えなければならないのだが、いよいよ、一途なものに追い詰められ、ぶっ壊れそうになるとき、自分たちを守るために世の中はこれを放逐しようとするし、そこにいたるまでの間も、一途なものは、世間の嘲罵《ちょうば》を浴び、好奇の目にさらされる。打擲《ちょうちゃく》されることもあるのかもしれない。

ただし、このことに一途なものは直接のダメージを受けず、ただ、特殊の回路を通じて、この世のものとは別のものからのダメージを受け取る。

もし一途なものが、この世のものからダメージを受け取ったとしたら、それは、自分の禿を通じてこの世の理《ことわり》を教えようとしたり、この世の矛盾を自分の身で引き受けて守ったり、真剣に向き合って、優しさを示したり、する者たちからで、なぜなら、一途なものは、それに応える言葉を持たないからで、そのことから生じる悲しみによって一途なものに少しだけなにかが混ざるからである。

と言うと、一途なもの、を持つ者、というのは、そう、勿論、あみ子のことなのだけれども、「ほーん。あみ子、ってのは特殊な人なんですね」と多くの人が思うだろうが、そうではなく、この小説を読んで私たちは、簡単な言葉で表しがたいものが確実に自分のなかに残っているのに気がつく。世の中で生きる人間の悲しさのすべてを感じる。すべての情景が意味を帯び、互いに関係し合って世の中と世の中を生きる人間の姿をその外から描いていることにも気がつく。

なぜ、この小説ばかりがそうなるのか。

それは、人になにかを与えようとして書かれているのではなく、もっと大きくて不可解なものに向けて書かれているからであろう。

「ピクニック」は乾いていてなおかつ切ない。幸福なお母さんから遠いところにいる者たちの信仰は尊くて惨めで。「チズさん」も向こう側から描かれて、この世の人間の言葉や動きが、ひどくぎこちなく、不自然で、しかし、実際に私たちがその通りであるようにも感じて眩暈《めまい》がする。

いまのところ私たちが読むことができる今村夏子の小説はこの三編だが、いずれも時代を超えて読み継がれるべき名作であると私は思う。

（まちだ・こう／作家）

「ありえない」の塊

穂村弘

主人公のあみ子には前歯が三本無い。ありえない、と思う。だって、二一世紀の日本女性は脱毛処理が不完全なだけでNGなんでしょう。あみ子は十年近く片思いをしている相手の苗字《みょうじ》を知らなかった。ありえない。私は一度も会ったことのない芸能人の飼い犬の名前を知っている。

あみ子は「ありえない」の塊だ。金魚の墓の隣に弟の墓を作ってしまう突き抜け感に「長くつ下のピッピ」を連想する。でも、あれは童話でピッピには世界一の怪力という武器があった。あみ子には何もない。生身のただの女の子だ。皆と同じように生きられない魂が、皆と同じ生身で生きようとする時、世界は地獄に変わるんじゃないか。

案の定、あみ子はまともに生きていけない。仲間はずれ、いじめ、家族からの隔離。

でも、本人にはその状況さえよくわかっていないらしい。ところが、読み進むにつれて奇妙なことが起こる。そんなあみ子に憧れ始めている自分に気づくのだ。馬鹿な。ありえない。

現代社会で「ありえる」ために、私は様々なものに意識を合わせようとする。場の空気とか効率とか「イケてる」とか。その作業は大変だけど、そうしないと生きていけないと思うから、できるだけズレないようにがんばり続ける。記念日を忘れないようにして、シャツの裾をちゃんと出して、飲み会の席順の心配をして……、ふと不安になる。この作業で一生が終わってしまうんじゃないか。何か、おかしい。大事なことが思い出せそうで思い出せない。ただ、「ありえない」の塊のようなあみ子をみていると勇気が湧いてくる。逸脱せよ、という幻の声がきこえる。でも、こわい。あみ子はこわくないのだろうか。だって世界から一人だけ島流しなのに。

物語がさらに進んで、あみ子がぼろぼろになればなるほど、何かが生き生きとしてくるのを感じる。「こちらあみ子」という呼び掛けに応えて、年齢や性別を超越した異形の友人たちの姿が見え隠れする。前歯のないあみ子を中心に、新しい世界が生まれようとしている。

初出・「朝日新聞」二〇一一年三月二〇日付

（ほむら・ひろし／歌人）

本書の単行本は二〇一一年一月、小社より刊行されました。
「チズさん」は文庫のための書き下ろしです。

ちくま文庫

こちらあみ子《こ》

二〇一四年六月十日　第一刷発行
二〇二二年六月十日　第十五刷発行

著　者　今村夏子（いまむら・なつこ）

発行者　喜入冬子

発行所　株式会社　筑摩書房
東京都台東区蔵前二―五―三　〒一一一―八七五五
電話番号　〇三―五六八七―二六〇一（代表）

装幀者　安野光雅
印刷所　株式会社精興社
製本所　株式会社積信堂

ISBN978-4-480-43182-0 C0193